Jorge Luis

Borges

El hacedor

诗人

[阿根廷] 豪尔赫·路易斯·博尔赫斯 著

林之木 译

上海译文出版社

题注：本书的原文题名是 El hacedor。在西班牙语中，这个词的意思是“制造者”、“创造者”，特别是用于指称上帝，亦即“造物主”。在智利作家瓦尔德马尔·维尔杜戈-富恩特斯所著访谈录《博尔赫斯自述》(1986 年，墨西哥) 中，博尔赫斯在谈到这部著作时说道：“我出版过一本书，题名为 El hacedor。我的一位英文译者写信来说，英文中不存在足以表达该词含义的语汇。然而，hacedor 一词恰恰是我从英文的 maker 一词翻译过来的。这个英语词，12 世纪的时候，在苏格兰方言里，意为‘诗人’。真是让人难以相信，不过，hacedor 的含义更贴近英语而离开了西班牙语，也正是由于这个原因，翻译的时候就比较麻烦。我是一个 hacedor……一个诗人和一个作家，仅此而已。对我来说，任何别的称谓均属溢美。”正是根据博尔赫斯本人的这段说明，现将本书的题名译作《诗人》。

目 录

博物馆

致莱奥波尔多·卢贡内斯

广场上的喧嚣留在了背后，我走进了图书馆。顷刻间，我几乎是从肉体上感受到了书籍的重压、有序的宁谧气氛和那被神奇般解剖并封存了起来的光阴。左右两侧，孜孜的灯光下，读者的瞬息面庞沉浸在清醒的梦幻之中，简直就跟弥尔顿用换置法描绘的一模一样。在这同一个地方，记得我曾提起过那种修辞手段，后来也曾谈及《月历》[1]里干旱的骆驼那个同样是由其环境引出的说法，再后来还曾引用《埃涅阿斯纪》中那句运用并超越了这同一技巧的六韵步诗：

他们隐蔽地在黑夜的昏暗中行进。[2]

我正是怀着这些思绪挨到了您的办公室门边。我走了进去，同您互致了几句惯常的热诚问候并把这本书交给了您。如果我没有弄错的话，您并不讨厌我，卢贡内斯，您肯定希望我的某部著作能够令您满意。此事一直未能成真，不过，这一次您翻开了书页，对某一诗句表示了赞赏，也许是因为在那句诗里您辨认出了自己的声音，也许是因为您更为看中健康的内涵而不计较表述的缺欠。

恰在这个时候，我的梦影消散了，就像是水重又汇入了水中。我身处的庞然图书馆位于墨西哥大街，不是在罗德里格斯·佩尼亚，而您，卢贡内斯，早在三八年初就已弃世。我的虚荣和思念幻化出了一个不能成真的场面。会有那么一天的（我在想），不过要等到明天我也死了之后，到那时，您的生命

1 指卢贡内斯的著作《伤感的月历》。

2 原文为拉丁文。

和我的生命将融合在一起，年序在符号的世界里失去了意义，而且，总得以某种方式确认我给您带来了这部著作，您也欣然地收下了。

豪·路·博尔赫斯

一九六〇年八月九日，布宜诺斯艾利斯

诗　人

他从未沉湎于追忆往事的快慰。在他，各种印象总是接续闪过，转瞬即逝却生动而鲜活。陶工手里的沙泥，密布着同时也是神祇的星辰的苍穹，曾经有过一头狮子从中坠落的月亮，轻轻移动着的敏锐指尖感觉到的大理石的平滑，惯常喜欢用洁白的牙齿猛然撕下的野猪肉的香味，一个腓尼基语的词语，一柄长矛投在黄色沙滩上的黑影，傍依大海或者亲近女人，甘醇胜于辣烈的浓酒，这一切全都能够攫住他的整个心灵。他知道什么是惊恐，也曾愤怒和无畏，有一次竟然最先攀上敌营的壁垒。他曾浪迹异乡的土地，并见过大洋此岸或彼岸人们聚居的城镇及其宫阙，贪婪、好奇、身至心随，唯一的信条就是及时享受，过后不再思念。在熙来攘往的市麈或者完全可能会有神怪出没的崇山峻岭脚下，他曾经听到过种种离奇的传说故事而且全都相信，并不探究是真是假。

美好的世界渐渐将他抛弃；挥不去的翳影模糊了他掌心的纹路，夜空已经不见了繁星，脚下的大地也不再平稳。一切全都迷离恍惚。当他知道自己正在成为瞎子的时候，情不自禁地发出长嘘短叹；隐忍的羞怯尚未发明，赫克托耳[1]也可以无所顾忌地临阵逃逸。我将再也看不到（他心里想）那像神话一般令人心生恐惧的天空和这张岁月在不断改变着的脸了。白天连着黑夜倏忽而过，无视他的肌体的坏损，然而，一天清晨醒来之后，他看了看（已经并不感到惊异）周边的模糊景物，就像听到了一首乐曲或者一个声音一般，突然意识到事情果然发生了，自己对此虽然有点儿害怕，却又感到某种欣喜、希冀和好奇。于是，他陷入了回忆，那仿佛无尽无休的回忆，并且从那种混沌之中清理出了那件早已忘却了的往事，就好似一枚被雨水冲刷出来的钱币，也许是因为从未留意吧，只是偶尔梦见过而已。

---

1 Hector，希腊神话中的特洛伊王子，特洛伊战争中的英雄，作战勇猛，曾烧毁希腊人的舰队。

事情是这样的：另外一个孩子欺侮了他，于是他就到父亲跟前讲了前后的过程。父亲任他自说自话，仿佛不感兴趣或者没听明白，随后却从墙上摘下了一把青铜匕首。那匕首漂亮而又锋利，他觊觎已久。如今攥在手里，占有的喜悦消解了曾经蒙受的屈辱。可是，父亲开口说道：应该让人知道你是个男子汉。那口气中透着命令。夜幕掩蔽了路径。他怀揣那把使他充满某种神奇力量的匕首冲出家门，顺着屋旁的陡坡朝海边跑去。他幻想自己成了埃阿斯[1]和珀耳修斯[2]，想象中咸涩的夜幕下飘洒着血雨腥风。他此刻追寻的只是当时的确切感受，雪耻的盛气、愚蠢的搏斗以及血刃之后归来等等则都已经失去了意义。

那件事情又引出了另外一件同样是发生在夜里并且带有冒险意味的事情。一个女人，神灵呈现到他面前的头一个女人，已经在漆黑的地下墓堂里等着他了，他前去赴约，寻遍了石砌网络般的甬道和黑暗之中的穴窟。他为什么会记起那些往事呢？那些往事为什么只是如同现今的简单预演而不带

1 Ajax，希腊神话特洛伊战争中的希腊英雄。
2 Perseus，希腊神话中的英雄，众神之王宙斯之子。

任何苦涩的滋味呢？

他十分惊异地悟出了其中的道理。在他如今正要步入的肉眼的长夜里面，等待着他的同样也是爱情和风险，亦即阿瑞斯[1]和阿佛洛狄忒[2]，因为他已经朦胧地感觉到了（因为身陷包围之中）荣耀和赞颂的喧声，那捍卫神灵无力拯救的庙堂的人们和在大海中寻找心爱岛屿的黑色舟楫的喧声，也就是他命中注定要讴歌并使之在人类的记忆空谷中回响的《奥德赛》和《伊利亚特》的喧声。我们对这些事情都能理解，但却无法知道他在堕入永久黑暗时的感受。

---

1 Ares，希腊神话中的战神。
2 Aphrodite，希腊神话中爱与美的女神。

梦中的老虎*

小时候，我狂热地崇拜老虎：不是出没于巴拉那河滨水泽及亚马孙丛莽的黄虎，而是只有高踞于象背之上护笼里的武士才能对付得了的亚洲产威武条斑虎。我曾常常在动物园里的虎笼前面长时间地逗留，曾因其精美的老虎插图而珍爱那些浩繁的百科辞书和自然历史典籍（我尽管不能准确无误地回忆起某位女士的额头或笑颜，但却至今仍然记得那些图像）。童年过去了，老虎及对老虎的热衷尽管也已经随之淡漠，但它们却还不时地会在梦中出现。在那个潜存和混乱的层面里，它们依然占据着主导的地位，所以，睡着了之后，每当为一个梦境陶醉的时候，我都会立即意识到那是一个梦。于是，我时常会这样想道：这是梦，纯粹的意念产物，既然我无所不能，那就去造出一只老虎。

噢，竟然不能如愿！我的梦从来都没有能够造出那向往的老虎。老虎出现过，这是真的，然而，不是剖制的标本就是丑陋不堪：有时形体难看，有时个头太小，有时转瞬即逝，有时像狗，有时像鸟。

---

* 标题原文为英文。

关于一次对话的对话

A：我们忘情地探讨着长生不死的问题。尽管天色已经黑了下来，也没有想起开灯。我们相对而不相见。马塞多尼奥·费尔南德斯以远非激昂而是显得冷漠、柔和的语气反复地说灵魂是不死的。他断言：肉体的死亡绝对无足轻重，死亡是人生最为没有意义的事情。我手里玩着马塞多尼奥的折刀：一会儿打开，一会儿合起。邻居的手风琴没完没了地奏出《假面舞会》[1]，很多人都喜欢这支哀怨的曲子，因为有人骗他们说那是一首古曲……我建议马塞多尼奥跟我一起自杀，那样一来就可以更加无所拘束地继续讨论下去。

Z（讥讽地）：不过，据我推测，你们最后没能下得了那个决心。

A（已经完全进入了玄秘的境界）：坦率地讲，我不记得那天晚上我们是否自杀了。

---

1 乌拉圭音乐家罗德里格斯（Gerardo Matos Rodríguez，1897—1948）于1917年创作的探戈舞曲，后成为全世界知名的探戈舞曲。

趾　　甲

白天有柔软的袜子裹着和坚固的皮鞋护着，可是我的脚趾却不愿领情。它们只是一味地长着趾甲：那用以自卫而又无所针对的半透明柔韧角质薄片。它们无比地愚蠢而又多疑，无时无刻不在打磨那微不足道的武器。它们闭目塞听、无休无止，没完没了地制造那被索林根[1]的锋利剪刀一再修剪的无用芒刺。它们早在落座于母腹之后的第九十天就已经掌握了那唯一的机能。待到我被安置在拉雷科莱塔的一处饰有干花和供品的灰色居所的时候，它们还将顽固地一意孤行，直至朽烂成泥。那些脚趾，还有脸上的胡须。

1　德国西部城市，著名刀具制造中心。

遮起来的镜子

伊斯兰教的教义说，到了不可逃避的末日审判那一天，凡是摄取过生灵的形貌者都将连同被其摄取了的生灵形貌一起复活，并且还必须使那些被摄取了形貌的生灵再生，如果做不到，就将同其摄取的生灵形貌一起被投入惩治的火中。我从小就感受过现实被神秘地再现或多次复现的恐惧，不过那只是在面对巨大的镜子的情况下。那时候，对我来说，从傍晚时分起，镜子准确而持续的作用、对我的举止的追踪以及串演的无尽哑剧都是异乎寻常的。我最经常向上帝和自己的保护神祈求的事情之一就是别梦见镜子。我记得自己总是惴惴不安地窥视着镜子。有时候害怕镜子会失真，有时候又担心自己的容貌会莫名其妙地在镜子里走形。我知道那种忧虑如今又不可思议地再次出现在了世界上。事情极其简单，但却让人不快。

我大约是在一九二七年的时候结识了一位性情抑郁的姑娘：先是在电话里（因为胡莉娅刚开始的时候只是一个没有名字和未曾露面的声音而已），后来是在黄昏时分的街角。她的眼睛大得出奇，头发黑而且直，身材瘦削矮小。她是联邦分子的孙女和重孙女，我是集权主义者的嫡传。对我们来说，融在血液里的先人的纷争倒成了一种联系、一种对祖国更为深刻的认同。她同家人住在一幢棚顶很高的破房子里，境况贫寒而清苦。黄昏的时候（少数几次是在晚上），我们一起在她家所在的巴尔瓦内拉区散步。通常我们都是顺着铁路护墙走来走去，只有一回穿过萨缅托大街一直走到了世纪公园的空场。我们没有相爱也没有假装相爱：我觉得她内心里有一种与爱绝不相容的紧张，她怕爱。为了同女人亲近，人们常常会对她们提起儿时的某些或真或假的事情。有一次我大概是对她讲到了自己对镜子的感受，而且还就此于一九二八年写下了一篇随后在一九三一年得以发表的文章。如今，我刚刚得知她疯了，把卧室里的镜子全都遮了起来，因为镜子里映出的是我而不是她，于是她浑身战栗，不是沉默不语就是说我像鬼似的缠着她。

我脸上的表情，我从前某个时候脸上的表情，肯定是可怕的。那可憎的相貌肯定也让我本人变得可憎，不过，我已经不在乎了。

鸟的命题*

我闭上眼睛看到了一群飞鸟。那景象持续了一秒钟或者还不到一秒，我不知道看见了多少只鸟。那鸟有数还是没数？这个问题牵涉到了上帝是否存在。如果上帝存在，那鸟就有数，因为上帝知道我到底看到了多少只。如果上帝不存在，那鸟就没数，因为谁都没有办法数得清楚。那一次，我看到的鸟不到十只（权且这么说吧）又不止一只，但是，我看到的鸟却不是九只、八只、七只、六只、五只、四只、三只或两只。我看到的鸟数在十和一之间，但不是九、八、七、六、五等等。具体的数目说不清楚，因此[1]，有上帝存在。

---

* 标题原文为拉丁文。

1 原文为拉丁文。

俘　虏

在胡宁或者塔帕尔肯流传着这么一个故事：在一次土著人对白人的袭击事件发生过后，一个半大孩子失踪了。人们都说是印第安人把他给掳走了。孩子的父母找了又找，但是毫无结果。几年过去了，一位从内地来的士兵对他们讲到了一个蓝眼睛的印第安人，很可能就是他们的儿子。他们终于找到了那个印第安人（传闻言之不详，我不想胡编），并且觉得他确实是自己的儿子。由于长期在荒山野岭过着野蛮人的生活，那人已经听不懂母语了，但却木然而顺从地让他们带回到了家里。到家以后，他就停了下来，也许只是因为看到别人也都不再朝前走了的缘故吧。他看了看房门，显得有点儿迷惑不解。突然，他低下头大吼一声，接着就飞跑着穿过门廊和两重很大的院落，最后钻进了厨房。在那儿，他毫不迟疑地将胳膊伸进黑黢黢的烟罩里面掏出来了一柄小时候藏进去的牛角把儿小刀。他兴奋得眼睛一亮，他的父母也因为终于找到了儿子而流出了热泪。

除了这件事情之外，那个印第安人也许后来还记起了别的什么事情，然而，他却无法在四堵墙壁之间生活，于是，有一天重又返回到了那属于自己的荒原。我很想知道他在那个过去与现在搅混在一起的纷繁瞬间曾经有过什么感觉，很想知道那个失而复得的儿子是否获得了新生并在那个优裕的环境中终老、是否像一个孩子或者一只小狗似的认出了自己的父母和故居。

骗　　局

一九五二年七月的某一天，一个身穿丧服的男人到了查科地区的那个小小的村落。那人又高又瘦，长得像个印第安人，脸上毫无表情，或者说像是戴着面具。人们对他毕恭毕敬，倒不是因为他本人，而是因为他扮演的或者本来应该是的那个人。他选中了河边的一幢房子，在几个村妇的帮助下，用两个架子支起了一块木板，在木板上放下了个装有一个金发布娃娃的纸箱。此外，人们还点起了四根蜡烛插在高高的烛台上，并在周围摆放了许多鲜花。人们很快就接踵而至。悲痛欲绝的老妇、面带惊悸的孩子、边走边恭而敬之地摘下软木帽子的农夫排着长队从纸箱前面走过，嘴里还不断地重复道："请接受我深切的哀悼，将军。"将军满面凄楚，像个孕妇似的双手交叉捧着肚子站在灵床边上接待着众人。他不时地伸出右手去握住人们伸过去的手并悲伤而从容地回答着他们的安慰："这是命中注定的事情。人力能做的全都做过了。"一个铁皮钱罐接收着两个比索的份子，而且很多人还并非走了一趟。

（我要问）借用死人构想并上演了那出悼亡闹剧的家伙到底是个什么货色？一个狂热分子、一个可怜虫、一个疯子或骗子、一个无耻之徒？在扮演心怀丧妻之痛的鳏夫角色的同时，他是否真的以为自己就是庇隆[1]了？这个故事让人难以相信，但却是真的，也许还不止一次，而是再三重复，只是演员有变、场合不同罢了。这个故事充分地概括了一个似是而非的时代，就像是梦里的幻影、《哈姆雷特》中的那种剧中剧。身穿丧服的人不是庇隆，金发娃娃也不是名字叫作埃娃·杜亚尔特[2]的女人。不过，庇隆也不是庇隆、埃娃也不是

---

1 Juan Perón（1895—1974），阿根廷军人、政治家，1946—1955 年、1973—1974 年两次出任阿根廷总统。

2 Eva Duarte de Perón（1919—1952），胡安·庇隆的第二任妻子，原是舞台演员，1945 年同庇隆结婚，支持丈夫竞选总统，成为第一夫人后参与政治、外交活动，成为当时阿根廷非常有影响力的人物。

埃娃，他们只是在盲目轻信的大众心中曾经制造了一个愚蠢神话的两个无名之辈或隐姓埋名者（我们不知道他们的真实姓名、不了解他们的真正面貌）罢了。

德莉娅·埃莱娜·圣·马尔科

咱们在九月十一日大街的一个街角分了手。

我从街的对面回头望去，您已经转过身来并向我挥手道别。

一条车辆和人群的长河在咱们中间奔流不息。那是某一天下午五点钟的时候，我怎么会想到那条长河竟然就是那悲惨的、不可逾越的阿刻戎[1]呢。

从此咱们未再见面，一年以后您就与世长辞了。

此刻我正在追忆当时的情景，一切全都历历在目，但是，我却在想那不是真的，继那平平常常的离别之后的怎么竟会是永诀。

昨天晚饭以后我没有出门。为了能对这类事情找到解释，我又重温了柏拉图假借其师之口道出的最后一个教诲。我在书上读到：肉体死亡的时候，灵魂可以逃逸。

我至今不知道真谛到底存在于事后的无奈宽解还是蕴涵在无辜的离别本身。

因为，如果灵魂不死，其离别也就绝对无关紧要。

道别就是否定永久分离，也就是说：今天咱们权且分手，可是明天还会再见。人们发明了道别，因为，尽管知道人生无常转瞬百年，但却总是相信不会死去。

德莉娅：咱们会有机会（在哪条河边？）继续这场迷离的谈话的，而且还会相互提出这个问题：咱们曾经就是一座消失在漫漫荒原的城市中的博尔赫斯和德莉娅吗？

---

1 希腊神话中的冥河，因船夫阿刻戎在那里将亡灵渡至冥府，被冠以此名。

死人的对话

一八七七年冬天的一个清晨，那人从英格兰南部来到了这里。他红光满面，剽悍而魁伟，几乎所有的人全都不可避免地把他当成了英国佬，事实上，他也的确非常像那个典型的约翰·布尔[1]。他头戴高筒礼帽，身上披着一条中间开了口的古怪毛毯。一群男女老幼在急切地等待着他的到来。他们当中许多人的脖子上都有一道红印，另外一些人则没有了脑袋，全都像黑暗中的影子一般，犹犹疑疑、摇摇晃晃地游游荡荡。他们朝着那个新来的人走去，人群的后部传出了一声叫骂，但是固有的恐惧还是使他们收住了脚步不敢再向前靠拢。一位皮肤黝黑、眼珠乌亮的军人冲出人群，蓬乱的头发和浓密的胡须几乎遮住了他的整个面庞。十道或者十二道致命的伤口像虎皮上的斑纹一样散布于他的全身。外来人见到他以后情不自禁地为之一震，但是很快就迎上前去并朝他伸出了手。

“一位那么精明的武士竟然会因为遭到暗算而丧命，实在让人痛心！”他的话语掷地有声，“不过，下令让人在胜利广场的绞架上了结您的罪愆，又是一种何等的内心满足啊！”

“如果您是指桑托斯·佩雷斯及雷纳斐之流，告诉您说吧，我已经谢过他们了。”浑身血污的人坦然而严肃地答道。

对方望着他，仿佛在琢磨那话到底是讽刺还是威胁，然而，基罗加却接着说道：

“罗萨斯，您从来都不理解我。咱们的命运是如此之不同，您怎么可能会理解我呢？您曾经有幸主宰过一座面向欧洲、位居世界著名都会之列的城市，我则征战于只有穷苦高乔人出没的美洲荒原的穷乡僻壤。我的世界里有的只是长枪短剑、战斗呐喊、漫漫沙原和在没有名目的地方取得的几乎

1 又译“约翰牛”，指英国文学和政治漫画中的一个具有英国传统特色的人物形象，由苏格兰数学家、物理学家和作家约翰·阿巴斯诺特（John Arbuthnot，1667—1735）所创造。

未为人知的胜利而已。这一切怎么会被人记得呢？我现在活在人们的心里并且今后的许多年里还将继续活在人们的心里，因为我是在名叫亚科谷的地方的一艘苦役船上被骑马持剑的人们杀害的。是您让我得以壮烈就义，当时我还不知道珍惜，不过继后的几代人却不愿意忘记。您一定不会没有见过那些非常精美的画片和一位了不起的圣胡安人写的那部有趣著作。”

重又恢复了自信的罗萨斯不屑地望着他。

“您倒是个浪漫的人，”他说道，“后世的褒扬并不比同代人的夸赞更有意义，尽管同代人的夸赞也不值什么，只要花几个小钱就能买到。”

“我了解您的思维方式，”基罗加回答说，“或者是由于慷慨大度，或者是因为想对您进行深入的考察，命运曾于一八五二年的一次战斗中为您提供过一个堂堂正正地死去的机会。但是，您不配得到那份荣耀，因为鏖战和鲜血使您胆怯了。”

“胆怯？”罗萨斯反问道，“我曾经在南方驯过烈马，后来又制服了整整一个国家，还会胆怯？”

基罗加有史以来头一次微微一笑。

“我知道，”他慢条斯理地说道，“根据您庄园的总管和雇工们提供的完整资料，您确曾不止一次地显示过马上功夫，不过，正是在那个时期，在美洲，而且同样是在马背之上，却有过另外许多壮举，那就是查卡布科、胡宁、帕尔马-雷东达和卡塞罗斯。”

罗萨斯不动声色地听着，随后反驳说：

“那时候我不必逞能。就像您说的那样，我的一大成功就是能让比我勇武的人为我卖命和送死。比方说吧，结果了您的性命的桑托斯·佩雷斯就是其中的一个。勇敢就是忍耐，有人耐性大一些，有人小一点，不过，或早或晚总有忍耐不下去的时候。”

“也许是吧，”基罗加说道，“然而，我曾经活过又死了，但却至今不知道什么是胆怯。现在，我希望被人忘记，希望能够换个模样，另有一番作为，因为历史上已经有过太多的狂暴之徒。我不知道自己会变成什么样子、会有什么遭际，但是，肯定不会胆怯。”

“我却只想做我自己，”罗萨斯声言，“不想变成另外什么人。”

“岩石也是希望永远都是岩石，”基罗加说，“而且千万年间也确实一直是岩石，最后却化成了尘土。我刚死的时候同您有着同样的想法，不过在这儿学到了很多东西。您瞧，咱们俩都在变嘛。”

罗萨斯没有搭茬儿，但是却像自言自语似的说道：

“也许是我这个人注定不该死吧，不过，这种地方、这类讨论倒像是一场梦，做这梦的人不是我，而是另外一个还没有出世的人。”

他们没再继续谈论下去，因为恰在那个时候有人喊了他们的名字。

天　　机

恺撒被其朋友们急不可待的匕首逼到了一座雕像的下面。惊恐之余，他竟然在人群和刀丛之中看到了受自己保护的马可·尤尼乌斯·布鲁图[1]——说不定是他的儿子——的面孔。于是，他不再抵抗，只是大声喊道："你也跟他们在一起啊，我的孩子！"莎士比亚和克维多均曾引录这一悲怆的呼叫。

命运喜欢重复、推演、偶合。十九个世纪之后，在布宜诺斯艾利斯省的南部，一位高乔人遭到另外一些高乔人的攻击。就在倒下去的刹那，那人认出了自己的一个养子，于是，他不无责备与惊异地对之说道（下面这句话应该听，而不是读）："怎么，是你！"人们将他杀了，而他却不知道自己的死不过是在重演一桩旧案。

1 Marcus Junius Brutus(前85—前42),罗马恺撒大帝的好友,后参与刺杀恺撒。

一个问题

可以设想在托莱多发现了一页阿拉伯文的稿子，古文字学家们判定那是塞万提斯据以写出了《堂吉诃德》的西德·阿麦特·贝嫩赫里[1]的手笔。根据那张纸上的文字，身经百战的主人公（众所周知，他带着佩剑和长矛在西班牙四处漫游并且无缘无故地随便向人挑战），在一次战斗之后，发现自己杀了一个人。那段记载到此结束，问题是要猜测或推断堂吉诃德当时的反应。

我能想到的，可能会有三种答案。第一种是否定性的：没有什么特别反应，因为，在堂吉诃德的幻象世界里，死亡并不比魔法少见，杀一个人不会使一个同妖怪或魔法师搏斗或者自以为是在同妖怪或魔法师搏斗的人感到不安。第二种是感人的：堂吉诃德从未忘记自己是爱读神怪小说的阿隆索·吉哈诺的影子，看见了死人，意识到幻觉使自己犯下了该隐的罪孽[2]，因而从也许永远都不可能治愈的恣意型疯狂状态中清醒过来。第三种也许最为可信：那人死了以后，堂吉诃德不会承认那个暴行是由神志错乱造成的，实实在在的后果必定会促使他去设想出一个实实在在的原因，所以，他永远都不可能走出疯狂。

还可以有另外一种推断。这种推断超越了西班牙乃至整个西方的氛围，要求一个更为古老、更为复杂、更为纷繁的环境。堂吉诃德——已经不再是堂吉诃德，而是印度斯坦[3]时代的一位国君——面对敌手的尸体会得出这样的结论：杀生与孕育显然是昭示人的属性的神功或魔力。他知道那个死人是一种幻象，就像他手中那把沉甸甸的血剑以及他本人、他的全部经历、各路神明和整个宇宙也都是幻象一样。

---

1 Cide Hamete Benengeli，塞万提斯在叙事中虚构的阿拉伯学者，据说他写过堂吉诃德出游的故事。

2 指亚当和夏娃的长子该隐因嫉妒而杀死了弟弟亚伯，见《圣经·旧约·创世记》第四章。

3 历史名词，偶作印度的同义词。

一枝黄玫瑰

被显赫之族（这只是一个他至为看重的比喻）异口同声誉为荷马再世、但丁重生的英才詹巴蒂斯塔·马里诺[1]的死，不是在那天傍晚也不是第二天的同一个时辰，不过，当时的那种一动不动和悄无声息的状态倒确实是他平生经历过的最后一次。他老态龙钟、功名赫赫，平卧在一张西班牙式的雕柱大床上静待最后时刻的到来。完全可以想象，几步开外有一个朝西的宁谧阳台，下面是大理石雕像和婆娑的月桂以及台阶倒映在一潭方池碧水之中的花园。一个女人将一枝黄玫瑰插入杯中。他不由自主地默颂起坦率地讲连自己都有点儿厌倦了的诗句：

花园的姹紫，田野的葱翠，

春天的蓓芽，四月的眸辉……

恰在这个时候天启昭彰。就像当初亚当可能会在天国里经历过的那样，马里诺看到了那枝玫瑰并且意识到玫瑰存在于自己的恒定而不是其名称之中，我们可以明提或暗指，但却不能取代，而房间角落里那金碧辉煌的厚重卷帙并非（像他出于虚荣而梦想的那样）尘世的镜子，只不过是人间的一件赘物而已。

马里诺在临终之际有了这番感悟，荷马和但丁大约也当如此。

---

1 Giambattista Marino（1569—1625），意大利诗人。

见　证

几乎紧贴在新起的石砌教堂背后的马棚里，有一个灰眼睛、灰胡须的男人躺在牲口的气味之中，像等待入睡一般默默地等着死亡的降临。日光遵循着茫茫的秘密法则推移和搅混着那鄙陋空间里的暗影，外面是耕地和一条落满枯叶的沟壑以及林边黑土地上的些许狼迹。那人孑然伶仃、沉沉睡去并做起梦来。召祷的钟声将他惊醒。在英格兰的各个属地里，鸣钟已经成了黄昏时分的惯例，不过，那人从小就见过了沃登[1]的嘴脸、天神的喜怒、缀满罗马制钱和沉重衣装的笨拙木偶、屠宰犬马及俘虏的祭礼。他将在天亮之前死去，最近刚刚举行过的异教典仪也将随他而逝、不再重现。这位撒克逊人死后，世界将多少会变得更加乏味。

确实存在的事物竟会伴随某人的去世而消失，这种事情可能让我们感到惊异，然而，除非像通神论者们所断言的那样存在有宇宙记忆，否则的话，每当有人死去，就一定会有某种或者无数的事物跟着销匿。闭合起最后见过基督的眼睛的日子已经成了过去，胡宁战役和海伦[2]的情爱也都随着一个人的亡故而不复存在。等到我死的时候，什么东西会伴我而去、世界又会失掉哪些牵动人心或一时应景的礼仪？是马塞多尼奥·费尔南德斯的声音、一匹红马留在塞拉诺及查尔卡斯荒郊[3]上的英姿，还是放在桃花心木写字台抽屉里的一块硫磺？

---

1 Woden，即斯堪的纳维亚神话中的主神奥丁（Odin），主司战争、诗歌和智慧。

2 Helen，希腊神话中的美女，为许多英雄追求的对象，后来嫁给斯巴达王墨涅拉俄斯，但是特洛伊王子帕里斯将她诱拐，遂引发了持续十年之久的特洛伊战争。

3 塞拉诺和查尔卡斯均为布宜诺斯艾利斯街名，当时为市郊。

马丁·菲耶罗*

看似强大而后来的光辉业绩也证实了其强大的军队从这座城市开拔而去。岁月流逝，有一位战士回到了这里，操着外乡的口音，讲述了在伊图萨因戈[1]或者阿亚库乔[2]等地的亲身经历。如今，这类事情就好像从未发生过一样。

这儿曾经两度出现过专制暴政。第一次暴政期间，有一回，一辆从普拉塔市场出来的马车上有几个人在叫卖白桃和黄桃，一个半大孩子掀开了苫布的边角，看到里面是集权分子们胡子上沾满鲜血的脑袋。第二次暴政期间，许多人被投进监狱和死于非命，人人自危不安、天天提心吊胆、时时蒙屈受辱。如今，这类事情就好像从未发生过一样。

一位博学多识的人细心地观察了世上所有的花草和飞鸟并逐一地为之定下了也许永远都不会改变了的名字，他还用绘声绘色之笔详尽地记述了景象万千的晚霞和月亮的圆缺变幻。如今，这类事情就好像从未发生过一样。

同样是在这儿，一代又一代人都曾经见到过那些成了艺术素材的普通而且从某种意义上来说也是永恒的变迁。如今，这类事情就好像从未发生过一样，然而，一八六几年间，有一个人在旅馆的一个房间里梦见了一场格斗：一个高乔人用刀将一个黑人挑了起来，接着又把他像个装着骨头的麻包一样丢到了地上。为了不给人留下仓皇逃跑的印象，他眼看着那人挣扎和咽气，然后才弯下身子擦去刀上的血迹，解开牲口，悠然地骑了上去。这件事情虽然只

---

* 阿根廷诗人何塞·埃尔南德斯（José Hernández, 1834—1886）名著《马丁·菲耶罗》中的主人公。

1 阿根廷地名，1827 年乌拉圭、阿根廷曾和巴西在此交战。

2 秘鲁内陆城市，1824 年以玻利瓦尔为首的哥伦比亚—秘鲁联军在此大败西班牙军队。这一战役解放了秘鲁并保证了新生的南美洲各共和国脱离西班牙取得独立。

发生过一次，但却一再地被人记起。浩荡的部队去而不返，一场微不足道的格斗却流传至今：一个人的梦竟然留在了所有人的记忆之中。

变　异

我在一个走廊里见到了一个指示方向的箭头，于是想：那个不会伤人的标志曾经是个铁制物件，一种令人不及躲避而且还会致人死命的武器，钻进过人类的肉身、猛狮的躯体，遮蔽过温泉关[1]的天日并使哈拉德·西居尔松[2]永久地赢得了六英尺英格兰土地。

几天之后，有人给我看了一张一位马札尔[3]骑士的照片，一根套索绕在他的坐骑的脖子上。我知道，那根曾经在空中飞舞并套住过牧场牛群的套索不过是周日鞍具的显赫配搭而已。

我曾在西陵见到过一个刻有古斯堪的纳维亚文的红色大理石十字架，架臂微曲而粗重，嵌在圆环之中。那个被套了起来的敦实十字架象征着另一个没有外缘的十字架，这另一个十字架又代表着一位神明受难的绞刑架，也就是那个被萨莫萨塔的琉善[4]咒之为“卑污机械”的东西。

世上没有任何东西不会被忘记或者不被记忆扭曲，没人能够知道某件东西将来会变成什么样子，不知为什么十字架、套索和箭头，这些如今都已降格或升级成了标志的人类古老器具竟会让我惊异。

---

1 希腊中部东海岸卡利兹罗蒙山和马利亚科斯湾之间的狭窄通道。公元前480年8月，少数希腊军队在此抵御波斯大军达三天之久，此役成为勇对强敌的战例被载入了史册。

2 Harald Sigurdsson(1015—1066)，即哈拉德·哈德拉达（Harald Hardrada），挪威国王，1046—1066在位，1066年入侵英格兰，但被英格兰国王哈罗德二世打败。

3 即匈牙利。

4 Lucian of Samosata(约125—180)，生于萨莫萨塔（今土耳其境内），古罗马讽刺作家。

关于塞万提斯和吉诃德的寓言

国王麾下的一位老兵厌倦了西班牙故土，于是就到阿里奥斯托的辽阔国家、梦幻空耗着光阴的月亮峡谷和被蒙塔尔万盗走的穆罕默德金像中去寻找乐趣。[1]

作为温和的自嘲，他杜撰出了一个轻信的人物。此人被神怪小说搅乱了神智，一心想要在平平常常的托博索或蒙铁尔之类的地方建功立业、降妖伏魔。

堂吉诃德未能改变现实、未能改变西班牙，一六一四年左右在自己出生的村子里与世长辞了。米格尔·德·塞万提斯比他稍微多活了一段时间。

他们俩——一个是造梦的和一个被梦造的——的全部遭遇就是两个世界的冲突：一个是骑士小说里的非现实世界，

一个是十七世纪普通而平常的世界。

他们未曾料到岁月最终竟会将那矛盾弥合，未曾料到后世竟然不会觉得拉曼却及蒙铁尔和骑士的清癯形象比辛伯达[2]的海上经历和阿里奥斯托的广袤家乡缺乏诗意。

因为，文学始之于杜撰，其结局自然难测。

一九五五年一月，德沃托医院

---

1 指塞万提斯1569年至1580年间的经历。在此期间，他先是游历了意大利，1570年在罗马加入反对伊斯兰教的神圣联盟的军队，不久即在同土耳其人进行的勒班陀战役中受伤，愈后相继参加了攻占突尼斯和戍守巴勒莫及那不勒斯的战斗，1575年获准退役，归国途中遭遇土耳其海盗并被掳至阿尔及尔过了长达五年的奴隶生活，1580年方被赎出得返西班牙。蒙塔尔万是西班牙的考古学家，摩洛哥的得士安考古博物馆的创建者。

2 阿拉伯民间故事集《一千零一夜》中《辛伯达航海旅行记》的主人公。

《天堂篇》第三十一章
第一百零八行*

西西里的狄奥多罗斯[1]讲述了关于一位粉身碎骨、烟消云散了的神明的故事。漫步于晚霞之中或者记起过去的某个日子的时候，谁又未曾有过曾经失落过某种至为重要的东西的感觉呢？

人类失去了一个形象、一个无法重新见到的形象，人人都希望自己能够成为那位（梦见自己在最高天的玫瑰花[2]下的）香客[3]，因为正是他在罗马见到了维罗尼卡的汗巾[4]并虔诚地悄声说道："我主耶稣基督，真正的上帝啊，难道你的容貌就是这样的吗？"

一条路上有一个石雕人像及一句铭文：哈恩[5]之神的圣容

写真。倘若真能知道那是怎么回事，我们也就掌握了破解那些比喻[6]的诀窍，从而知道那个木匠[7]的儿子是否也是上帝的儿子。

保罗[8]见到的主是一道将他扑倒在地的强光，约翰[9]见到的主则如中天喷薄的太阳，耶稣之特雷莎[10]多次见到主环裹在祥光之中却又从来没能说清其眼睛的颜色。

我们已经无法确切知道他的模样了，就像忘掉了一个由普通数码组成的神奇数字，就像永远不能再现万花筒里的某

---

* 但丁《神曲·天堂篇》的这一行是："我主耶稣基督，真正的上帝啊，难道你的容貌就是这样的吗？"

1 Diodorus Siculus，公元前1世纪的希腊历史学家，著有《历史丛书》四十卷。

2 根据《神曲》，在天府，幸福灵魂的座位呈玫瑰花状。

3 即《神曲》中的"我"。

4 维罗尼卡为耶路撒冷的一个妇人，据传，在耶稣扛着十字架走向刑场途中，她曾用自己的汗巾为他擦脸，于是耶稣的容貌留在了那块汗巾上。

5 西班牙城市。

6 指耶稣在说教时所用的比喻，见《圣经·新约》中的诸福音书。

7 指约瑟，耶稣的养父。

8 又名扫罗，耶稣的十二门徒之一，据《圣经·新约·使徒行传》，他初次遇到耶稣基督的时候，天上忽然现出一道强光将他扑倒在地。

9 指施洗约翰，据《圣经·新约·约翰福音》，他是从上帝那里被差来为光作见证的："那光是真光，照亮一切生在世上的人。"

10 Teresa of Jesus（1515—1582），生于阿维拉（今西班牙境内），又称阿维拉的特雷莎，西班牙神秘主义者，终生献身宗教事业。

个图像。我们可能会视而不见。地铁里遇到的某个犹太人也许就长得同基督一模一样，从窗口递给我们零钱的手臂说不定就跟曾经被士兵们钉上十字架的那双手臂毫无分别。

也许每面镜子里面都藏有那位被钉上十字架的人脸上的某个特征，也许那张脸之所以消失、模糊，正是为了让人人都能成为上帝。

说不定今天夜里我们就可能在纷乱的梦境中看见主的容颜，而明天却忘得一干二净。

关于宫殿的寓言

那一天，黄帝向诗人展示了自己的宫殿。他们浩浩荡荡地走过西侧的头几条路径，那路径如同一个几乎看不到边的竞技场的台阶通向一处天堂似的花园，花园的金属镜子和刺柏篱落标志着已经开始了迷宫的地界。他们兴致勃勃地走进了迷宫，起初倒还像是游玩，随后可就不无惴惴之感了，因为，看似笔直的道路实际上有着轻微的弧度，绵延开去，形成了诸多不易觉察的圆环。直到午夜时分，在适时地祭献了一只乌龟之后，他们才循着星象走出了那个仿佛中了邪祟的地区，但却并没有因此而就消除了始终未能摆脱的茫然不知所在的感觉。接着，他们游览了堂榭、庭院、书楼以及六角形的刻漏阁。一天早上，他们从一座高塔的顶端望见了一个石人，可是，那石人转瞬之间又消失得无影无踪。他们乘坐着檀木小舟渡过了一条又一条波光粼粼的溪流，或者，那溪流本为一条，只是过了一次又一次罢了。黄帝一行所经之处，人们无不顶礼膜拜，但是，有一天，他们到了一个小岛，岛上的一个从未见过天子的人竟然不知需要下跪，遂被砍掉了脑袋。他们对黑色的人头、阴森的舞蹈、精致的赤金面具无动于衷；现实和梦境搅混在了一起，换句话说，现实已然变成了梦中的景象。似乎整个世界不能不都是花园、流水、楼阁和幻境奇观。每隔百步就有一座直冲云霄的高塔，那塔看似一色，实则从黄到红依次绵延，谐和有致，排比成行。

在倒数第二座高塔的脚下（对堪称奇绝的景色一直漠然的），诗人朗诵了那首我们今天将之同其名字紧密联系在一起的短诗。就连最为认真的史学家们都一再断言，正是那首短诗使他名垂千古又死于非命。那诗已经失传，有人认为只是一行，也有人说不过是一个字而已。事实上，令人难以相信的是那诗包容了整个那座庞然的宫殿以及其中的所有细部，包括每一件珍贵的瓷器及每件瓷器上的每一个图案以及自远古以来在里面住过的人、神和龙的光辉朝代的每一个黄昏和黎明、每一个或悲或喜的瞬间。人们登时哑口无言，只有黄帝大声喝道：“你掠走了我的宫殿。”于是，刽子手的利剑就结束了诗人的性命。

关于这个故事，别人还有别的讲法。世上不可能有两件一模一样的东西，只要（他们说道）诗人让那座宫殿随着他的诗句悄然消失也就足够了。当然，这类说法不过是文学的杜撰。其实，那位诗人是黄帝的奴隶而且也是以奴隶的身份了却一生的。他的诗被人遗忘了，因为只配被人遗忘；他的后人们还在寻找那把宇宙的钥匙，但却永远也不可能找到。

什么都是和什么都不是[*]

他什么人都不是。透过他的容貌（即使是从当时留下来的蹩脚画像上也看不出他像什么人）和滔滔不绝、妙趣横生而慷慨激昂的谈吐，能够看到的不过是些微冷漠和某种没人做过的梦罢了。他起初以为人人都跟他一样，可是，当他和一个同伴谈起那种空虚感的时候，对方的惊讶使他意识到自己错了并且终于明白一个人不该有别于自己的同类。有一次，他想到说不定可以在书中找到医治心病的妙方，于是就学会了同代人应当会讲的些许拉丁文和更为浅薄的希腊语；后来又觉得自己所追求的东西很可能存在于履行人类的一种基本仪式，于是就于六月的某个漫长的午休期间同安妮·哈瑟维[1]做了初次尝试。二十岁那年，他去了伦敦。在此之前，他就已经本能地习惯了以故作不凡来掩饰自己的平庸。到了伦敦以后，他找到了注定要干的行当，当起了演员：在舞台上佯装另外一个人物，聚集在台下的人们也假作把他当成他所扮演的人物。演艺活动使他得到了格外的满足，也许是平生最大的满足；不过，继说完最后一句台词和将最后一位死者搬下台去之后，总会有一种并非真实的讨厌滋味袭上他的心头。他不再是费雷克斯或者帖木儿，重又回复到什么人都不是的状态。他于困惑之中恣意想象着别的英雄人物和悲壮故事。就这样，当他的肉体在伦敦的妓院和酒吧履行肉体职责的时候，活在他心灵深处的却是对占卜官的警告置之不理的恺撒、讨厌燕子的朱丽叶[2]、在旷野里与同是死神的女巫们交流对谈的麦克白[3]。谁都没能像他那样曾经是过那么多人，简直就跟

* 标题原文为英文。

1 Anne Hathaway（1556—1623），莎士比亚的妻子。

2 莎士比亚名剧《罗密欧与朱丽叶》中的女主人公。

3 Macbeth（约 1005—1057），苏格兰国王，其生平构成莎士比亚名剧《麦克白》的基本情节。

埃及的普洛透斯[1]一样，可以随意变换相貌。有时候，他会在剧中某个不显眼的地方加上一句深信谁都不可能破解的自白：让理查[2]说他一个人扮演着许多角色，让伊阿果[3]意味深长地声称我并不是真正的我。活着、做梦和演戏三者的基本融合使他度过了许多轰轰烈烈的时刻。

他在那种人为的幻境中一直生活了二十年，可是，一天早晨却突然对扮演那么多死于刀下的君王，那么多聚聚散散、哀戚悲切的失意情人的生活感到了厌倦和恐惧，于是当即决定卖掉自己的剧院。没过一个星期，他就回到了故乡，重又找到了儿时的树木和溪流，并发觉那一切与自己曾经热烈赞颂过的神话中的和拉丁语国度里的草木山川截然不同。他总得有个身份，所以就变成了发了大财，喜欢借贷、诉讼和小宗暴利的退休企业家。他正是以那种身份留下了我们所见到

1 Proteus，希腊神话中居于埃及尼罗河口法罗斯岛上的老人，能知过去、现在和未来，但不轻易示人，即使求教者乘其午睡时将之捉住，他也试图变化形体借机逃遁。只有在万不得已的情况下，他才肯现出原形，说出答案后立即跳入大海。

2 莎士比亚名剧《理查三世》的主人公。

3 莎士比亚名剧《奥赛罗》中的角色。

的那份有意摈除了一切感情和文彩的乏味遗嘱。伦敦的朋友们时常造访他的隐居之所，在他们面前，他又一再扮演起诗人的角色。

那个故事还说，他在死前或死后曾经面对上帝说道：我徒然地做过了许多人，现今只想成为一个人，就是我自己。上帝的声音从旋风中回答他说[1]：我也不是我自己。我的莎士比亚啊，像你梦见过自己的作品一样，我也梦见过世界，既是许多人又谁都不是的你就在我的梦影之中。

---

1 此处套用了《圣经·旧约·约伯记》第三十八章的首句，即“那时，耶和华从旋风中回答约伯说”。

神灵的劫难*

梦里（柯尔律治写道）常常会出现我们想过的景物的映像。我们不会因为心怀疑惑而感到恐惧，却会为了释解心里的恐惧而做莫名其妙的梦。果真如此的话，单纯地记录下梦中的景象又怎么能够让人感受得到织就那天夜里所做之梦的错愕、激动、惊恐、危急和欣喜呢？然而，我还是要试着将之记录下来。那梦只有一个场景，这一情况也许消除或缓解了事情的最大难点。

地点是哲学及文学院，时间为日落黄昏后。一切（梦里常常这样）全都有点特别，景物显得比实际上要略好一点儿。我们在进行选举，我正跟早在好多年前就已经去世了的佩德罗·恩里克斯·乌雷尼亚[1]嘀咕着什么。突然一阵游行队伍或街头乐队的喧嚣打断了我们。从地狱里传来了一片人吼畜叫。有人喊道："他们来了。"随后又补充说："是神灵！神灵！"有四五个神灵走出队伍登上了大教室的讲台。我们全都拼命鼓掌，禁不住流出了热泪。那可是被流放了多少个世纪重又归来的神灵啊。讲台使他们显得又高又大，一个个昂首挺胸，得意地接受着我们的欢呼。其中的一个手中拿着根无疑代表着梦里的简单草木的树枝，另一个夸张地伸着一只爪状的手臂，雅努斯[2]的一张面孔警惕地凝注着透特[3]的弯喙。很可能是有感于我们的欢呼，其中的一个，我已经不记得是哪一个了，竟然兴奋得叫了起来，那声音让人难以置信地刺耳，像是漱口又像是呼啸。从那一刻起，事情就发生了变化。

一切源自于怀疑（可能有点夸大）神灵们已经不再能够讲话了。无数世纪流离失所的生活肯定削弱了他们身上人的

---

* 标题原文为古斯堪的纳维亚文。

1 Pedro Henríquez Ureña（1884—1946），多米尼加文学史家和评论家。

2 Janus，罗马神话中的门神，有两张面孔，掌管门户出入和水陆交通，既能瞻前又能顾后。

3 Thoth，古埃及宗教中的鹮首人身神，原为月神，后司计算与学问，又在世间代表太阳神瑞。

特质，伊斯兰教的月亮和罗马的十字架对那些逃犯是严酷无情的。异常狭窄的额头、发黄的牙齿、混血人或中国人似的稀疏胡须以及野兽般的嘴形表明奥林匹斯山的种族的退化。他们的衣着已经不再具有清贫的特色，而是显示着地狱里赌场和妓院的那种骄奢。上装领口的扣眼里插着一枝嫣红的石竹，紧身外套遮不住暗藏的匕首。我们突然意识到他们是在进行最后的一搏。他们奸诈、愚昧而又凶残，就像猛禽野兽。如果我们心生恐惧或暗发恻隐，势必会被他们毁灭。

我们掏出沉甸甸的手枪（梦里忽然有了手枪），轻松愉快地结果了那些神灵。

《地狱篇》第一章第三十二行*

十二世纪末年，一只花斑豹子从黎明到黄昏一直注视着眼前的几块木板、数根铁条、变换不定的男男女女、一堵高墙以及可能还有一条落满枯叶的石砌水沟。它不知道，不可能知道，自己正向往着情爱和施暴以及撕咬时的温热快感和送来猎物气味的徐风，然而，它的心里总是觉得压抑着和躁动着某种东西，于是上帝就托梦对它说道："你将在囚禁中活到死去的时候为止，以便让一个我所熟悉的人看你几遍直至记住你的样子和特征并将之写进一首在宇宙的构架中占有一席确定之地的诗篇。你虽然要忍受监禁之苦，却将为那篇诗作提供一个词语。"上帝在梦里点化了豹子的愚顽，于是它明白了其中的缘由并且接受了那种命运，不过，它醒来之后的感觉却只是一种无奈的隐忍、一种强装的糊涂，因为，对于野兽的简单头脑来说，世界这部机器实在是太复杂了。

过了一些年之后，在拉文纳，但丁于不平及孤独中等待着生命的结束[1]，跟随便哪个普通人完全一样。上帝通过梦向他揭示了其生命及著作的秘密使命，惊异之余，他终于知道了自己的身份和价值并为遭遇过的苦难庆幸。据传，他在醒来之后就觉得自己得到又失去了某种说不清楚的东西、某种不仅不会再次获得甚至连依稀再见一次都不可能的东西，因为，对于人类的简单头脑来说，世界这部机器实在是太复杂了。

---

* 但丁《神曲·地狱篇》的这一行是“忽然有一只矫捷的花豹”。

1 但丁于 1321 年 9 月 14 日死于疟疾。

博尔赫斯和我

有所作为的是另一个人，是博尔赫斯。我只是漫步于布宜诺斯艾利斯的街头并且说不定已经是下意识地会在一处拱券和门洞前踯躅留连。我通过邮件获得关于博尔赫斯的消息并在候选教授的名单或人名辞典中看到过他的名字。我喜欢沙漏、地图、十八世纪的印刷术、词语的来源、咖啡的香味和斯蒂文森的散文；博尔赫斯也有同样的嗜好，不过有点儿虚荣地将那些嗜好变得像演戏。说我们俩不共戴天，未免言过其实；我活着，竟然还活着，只是为了让博尔赫斯能够致力于他的文学，而那文学又反证了我活着的意义。我无须隐讳地承认他确实写了一些有价值的东西，但是那些东西却救不了我，因为好东西不属于任何个人，甚至也不属于他，而是属于语言或传统。此外，我最终注定要销踪匿迹，只有某个瞬息可能会藉他而超生。我尽管知道他有歪曲和美化的恶癖，却还是逐渐将自己的一切全都转赠给了他。斯宾诺莎认为万物都愿意保持自己的形态：石头永远都愿意是石头，老虎永远都愿意是老虎。我将寄身于博尔赫斯而不是我自己（假如说我还是个人物的话），不过，跟他的著作相比，我倒是在别的许多人的著述里或者甚至是在吉他的紧拨慢弹中更能找到自己的踪迹。很多年前我就曾企图摆脱他而独处并从耽于城郊的神话转向同时光及无限的游戏，然而，那游戏如今也成为博尔赫斯的了，我还得另做打算。因此，我的命运就是逃逸、丧失一切、一切都被忘却或者归于别人。

我不知道我们俩当中是谁写下了这篇文字。

关于天赐的诗

献给玛丽亚·埃丝特·巴斯克斯

上帝同时给我书籍和黑夜，
这可真是一个绝妙的讽刺，
我这样形容他的精心杰作，
且莫当成是抱怨或者指斥。

他让一双失去光明的眼睛
主宰起这卷册浩繁的城池，
可是，这双眼睛只能浏览

那藏梦阁里面的荒唐篇什，

算是曙光对其追寻的赏赐。
白昼徒然奉献的无数典籍，
就像那些毁于亚历山大的
晦涩难懂的手稿一般玄秘。

有位国王（根据希腊的传说）
傍着泉水和花园忍渴受饥；
那盲目的图书馆雄伟幽深，
我在其间奔忙却漫无目的。

百科辞书、地图册、东方和
西方、世纪更迭、朝代兴亡、
经典、宇宙及宇宙起源学说，
尽数陈列，却对我没有用场。

我心里一直都在暗暗设想

天堂应该是图书馆的模样，
我昏昏然缓缓将空幽勘察，
凭借着那迟疑无定的手杖。

某种不能称为巧合的力量
在制约着这种种事态变迁，
早就有人也曾在目盲之夕
接受过这茫茫书海和黑暗。

我在橱间款步徜徉的时候，
心中常有朦胧的至恐之感：
我就是那位死去了的前辈，
他也曾像我一样踽踽蹒跚。

人虽不同，黑暗却完全一样，
是我还是他在写这篇诗章？
既然是厄运相同没有分别，
对我用甚么称呼又有何妨？

格罗萨克或者是博尔赫斯，
都在对这可爱的世界瞩望，
这世界在变、在似梦如忘般
迷茫惨淡的灰烬之中衰亡。

沙　　漏

夏日里立柱的笔直投影，或者，
赫拉克利特将之同疯狂人生
相比的那大川里的奔腾流水，
都可以用来计量时光的运行。

白昼的阴影捉不住也摸不着，
那江水则是一味地日夜兼程
而绝对没有逆转倒流的可能，
这二者均与时光和命运相同。

然而，就在那茫茫的沙漠里面，

时光找到了另一种媒体象征，
它柔顺而又沉重，简直就像是
专为计数死人的时日而发明。

于是，典籍的插页中就出现了
那个具有寓意的仪器的图形，
连神情抑郁的古董收藏家们
也会表现出行家特有的热情。

将之归于配不成副的象棋子、
没了刃的宝剑、变浑的望远镜、
鸦片蚀损了的檀香烟枪、尘土、
厄运和虚无的灰暗世界之中。

丢勒[1]笔下描绘出的死神形象，
除了钐镰，右手里还拿着沙钟，

1 Alberto Durero (1471—1528)，德国画家、雕塑家。此处指其著名铜版画《骑士、死神与魔鬼》。

面对着那严酷而阴森的模样，
谁又能够不感到迟疑和惶恐？

细碎沙粒从倒置锥体的端口
无声无息地悄然奔泻与倾溅，
那流金渐次地滑落并且注入
下面那与之相连的玻璃空间。

玄妙的沙粒不停地滚滚而下，
那情势真是可谓迷人的景观，
即将跌落的瞬间的匆忙拥聚，
简直就是这人世万象的再现。

同一份沙粒不断地循环轮转，
那流沙的历史也将永无尽期，
就这样，不论你高兴还是伤心，
那恒动不会改变自己的节律。

沙流不会有最后终止的时候，
流血的是我而不是玻璃器具，
流沙的歌吟绵延以至于无限，
我们的生命随着那沙流逝去。

在那流沙标记的分分秒秒中，
我以为感觉到了宇宙的瞬息：
那是记忆的镜子留下的历史
或者神奇的忘川[1]化解的往昔。

缭绕的狼烟以及光灿的烽火，
迦太基和罗马及其频仍侵袭，
法师西门[2]，还有那撒克逊君主
许诺给挪威国王的尺土寸地，

1 又译勒忒河，希腊神话中冥府的河流之一，亡灵饮其水后就会忘掉过去的一切。
2 约活动于公元 1 世纪的行邪术的魔法家，见《圣经·新约·使徒行传》第八章。

全被那不知疲倦的沙粒细线
裹挟卷带着销匿了踪影痕迹。
光阴易逝，谁都无缘把握操持，
我理所当然地不会成为特例。

棋

一

棋手严肃地躲在自己的角落
不慌不忙地潜心于布阵摆子。
棋盘上面，两种颜色不共戴天，
紧张地一直厮杀到曙色见赤。

不同的形体有着各异的威力：
车不受任何遮拦，马举步轻便，
后披着全副武装，王坐镇后方，
相走着斜线，卒子奋勇冲在前。

时光在耗尽着棋手们的精力：
即便就是在他们离去了之后，
很可能并没有最后结束战斗。

这场战火本来是从东方燃起，
如今却已经烧遍了整个地球。
一如另者，这种游戏无尽无休。

二

王柔弱，相持重，后则暴戾凶残，
车直来直往，卒子狡诈而机警，
缘着那黑白交织的阡陌道路，
寻找战机，进行着殊死的抗争。

棋子们并不知道其实是棋手
伸舒手臂主宰着自己的命运，
棋子们并不知道严苛的规则

在约束着自己的意志和退进。

黑夜与白天组成另一张棋盘，
牢牢地将棋手囚禁在了中间
（这可是欧玛尔[1]所作出的论断）。

上帝操纵棋手，棋手摆布棋子。
上帝背后，又有哪位神祇设下
尘埃、时光、梦境和苦痛的羁绊？

1 Omar Khayyám（1048—1131），波斯诗人、数学家、天文学家和哲学家。

镜　子

我对镜子怀有一种恐惧之感
并不因为不可穿窬的玻璃板
圈定和营造出一个并不存在、
不能容人居留的映像的空间；

那恐惧兼及宁静平展的水潭，
其深处的天空的另一片蔚蓝
时而会被倒悬着的飞鸟掠扰、
时而又会被轻波微澜所搅乱；

那恐惧还迁于桃花心木家具，

它那精细而沉寂的光洁表面
能如梦似幻地映出大理石的
朦胧白皙或玫瑰的虚影真颜；

如今，在不同国度的月亮光下
历经了诸多困惑的日月流年，
我扪心自问：这对镜子的恐惧
究竟来自命运中的哪个渊源？

我见过无数金属铸就的镜子，
还有迷离色泽犹如霞彩一般
使凝视同时又被瞩望的面容
朦胧模糊的桃花心木的柜面，

它们警醒又冷峻森然，充当着
一项古老协议的忠实执行官：
再三再四地复制着人间景象，
就好像是在自然地生殖繁衍；

让这个浮华无定的俗世凡尘
在其迷幻的境界里驻留延展；
有的时候，在日暮黄昏的时分，
残喘者的呵气就能使之黯然。

镜子时时刻刻都在窥视我们。
只要有镜子挂在卧室的四壁，
我就不是独处而是有人为伍，
就有影像伴着晨曦上演哑剧。

在那个晶莹清澈的世界里边，
一切都可能发生却不留痕迹，
就好似奇绝的伊斯兰教僧人，
连书籍也都必须从右边读起。

克劳狄奥，一夕之王，梦中的君主，
一直没有意识到生活在梦里，
直到那一天，一位演员在台上

无声地再现了他的虚情假意[1]。

真可谓奇怪啊，竟然会有梦魇，
竟然会有镜子，寻常的那俚鄙、
俗套的日程表中竟然包括着
映像织成的虚幻幽深的境地。

上帝（我在想）真是花费了心计，
通过玻璃那平滑表面的亮丽
和那伴随着梦境的深更浓暗，
构筑起那架捉摸不到的机器。

上帝创造了梦魇连绵的夜晚
也创造出了镜子的种种形体，
只为让人自认为是映像幻影，
也正是因此，我们才时刻惊悸。

---

1 此处似指莎士比亚喜剧《无事生非》，剧中有位浮浪的贵族青年叫克劳狄奥。克劳狄奥本是骑士文学中的英雄人物，欧洲各国都流传着他的故事。

埃尔维拉·德·阿尔韦亚尔*

她确实曾经拥有过一切，
而这一切又渐渐地将她遗弃。
我们曾经见过她娇艳俏丽。
清晨和正午曾经居高临下
把人间的所有美景向她展示，
而黄昏却又悄然地将之尽数收去。
命运（因由的无边而偏斜的
网络）曾经赐给她以财富，
这财富就像阿拉伯的飞毯
能把千里之遥化为坦途，
也能将想望与获取混同为一物；

命运曾经赐给她诗的天资，
让她将真切的苦痛化作音乐、悄语和比附；
命运曾经赐给她将伊图萨因戈的战斗
融进血液的激情、桂冠的重负、
让她在奔流不息的时间长河
（长河和迷宫）及逐渐暗淡的
晚霞斑斓色彩中销匿的幸福。
所有这一切全都将她遗弃，
只有一样东西成为了特例：
那仁慈宽厚的谦和，没被谵妄和衰萎伤损，
护卫天使一般陪伴她抵达生命的终极。
很多很多年以前，
我在埃尔维拉身上最先见到的是微笑，
那微笑直到最后仍然是那么甜蜜。

---

* Elvira de Alvear（1907—1959），阿根廷女诗人，曾是博尔赫斯的密友。

苏莎娜·索卡*

她满怀着柔缓的深深情意
凝注着晚霞的纷繁斑斓。
她喜欢沉迷于复合的旋律
或者是诗中生活的奇幻。
并非那作为原色的鲜红，
而是诸多层次的灰暗
织就了她那注定频临选择、
屡经犹疑变化的多舛命缘。
没有步入这迷离宫阙的勇气，
她只好从圈子外面瞩目
里边的景致、混乱和奔忙，

就像镜子里的那另外一位贵妇。

置她的乞求于不顾的神明

将她遗弃给了欲火那只老虎。

* Susana Soca（1906—1959），乌拉圭艺术赞助人，也曾编辑过杂志，死于空难。

月　亮

传说里面讲道，在那过去了的
年代里面曾经发生过许许多多
真的、假的、真真假假的事情，
有人构想出了一项非凡的举措，

要将整个宇宙纳入自己的书中，
于是就以无限激情投入了写作，
他完成了一叠厚厚的艰深稿本，
反复推敲并诵读直至诗的结末。

他正要对命运表示感谢的时候，

偶然之间抬起头来看了看天上，
一轮明煌的圆盘让他感到惶惑，
这才意识到竟然忘记了那月亮。

尽管我讲的并不是真实的故事，
然而却非常能够说明一种情况：
我们这些以采录生活为业的人，
总是无法避免时常会有意遗忘。

越是重要的东西越是会被疏忽，
这是文字相对灵感的一个定律。
这篇叙述我同月亮交谈的记录，
自然也无法逃脱得了它的节制。

不记得在哪儿头一次见到月亮，
可能在未识希腊理论时的天际，
也可能是在暮色逐渐将庭院的
水井和无花果遮蔽起来的夜里。

人所共知，世上的事情有千万，
多变的人生本来就是非常之美，
举世共享的月亮啊，某天黄昏后，
我们会突然发现你为生活增媚。

除了夜空里那圆圆缺缺的月亮，
我还能够记起诗中的种种描绘：
歌谣里那中了邪祟的瘆人龙月[1]，
还有克维多笔下的那嗜血金盔。

胡安曾在自己的传世作品里边
详述可怕的朕兆和凶残的狂欢，
那里的月亮颜色猩红滴着鲜血；
另有一些却光辉明灿好似银盘。

毕达哥拉斯[2]曾将血书（根据传说）

---

1 原文为英文。
2 Pythagoras（约前 580—约前 500），希腊哲学家和数学家。

写在了镜子那光洁明澈的表面，
人们却在月亮那另一面镜子上
读到了那倒映出来的骇世名言。

曾有一片铁树钢花的原始森林，
里面住着一只使命奇特的老狼，
每当朝霞将东海染红了的时候，
它就扑落和杀死那天上的月亮。

(预警的北极星斗对此知之甚详，
而且，死人指甲堆造而成的游舫
也将会在那一天夜里出来侵扰
世界上所有敞开着胸襟的海洋。)

也许是在日内瓦，也许是苏黎世，
命运之神让我初操诗笔的时候，
我也像其他所有的诗人们一样，
暗自承诺要把月亮描绘和歌讴。

我曾煞费苦心地反复搜索枯肠，
殚精竭虑地将贫乏的词句拼凑，
惴惴之情时时都在心底里翻腾，
生怕卢贡内斯已用过琥珀、金瓯。

远方的象牙、烟云、寒雪等等比喻
都曾经被用于形容月亮的容颜，
然而，那些诗章终究也没有能够
最后成为流传千古的雄制宏篇。

就像是天庭乐土里的赤膊亚当，
我以为，诗人也有使命需要承担：
为每一种具体的事物定下名称，
不仅准确和贴切，而且还得新鲜。

阿里奥斯托的著作给了我启示：
月亮是一个去处，迷离而又朦胧，
汇聚着梦幻及捉摸不到的浮影、

流逝的光阴、相通的可能与不能。

神奇的黑夜让我远远地看到了
画家[1]笔下的狄安娜[2]那三态体形，
雨果呈献给我的却是一把金镰，
爱尔兰诗人[3]对凄楚的黑月钟情。

正当我在神话的月亮宝库里面
费尽心机地探察和搜索着枯肠，
平日里巡行的月亮却悄然出来，
爬升到了眼前街角背后的天上。

尽管可以选用的辞藻无尽其数，
只有一个才是最为确切或形象，
其中的奥妙啊，依我看来，只在于

1 指公元前5世纪擅长明暗技法的希腊画家阿波罗多洛斯（Apollodorus）。
2 Diana，罗马神话中的月亮和狩猎女神。
3 似指叶芝（William Butler Yeats，1865—1939）。

直呼其名，那也就是叫它为月亮。

月亮的升起是一件纯美的事情，
我不敢再用空泛的比方去玷污；
在我的眼里，它平常又无法解释，
远非我的拙笔所能够描摹叙述。

我知道，月亮本身或者它的称呼，
其实实在在的意义却非常特殊，
它的生成本来就是为了与我们
这既繁复又简单的人生相比附。

月亮不过是诸般象征中的一个，
实为命运或者机缘的刻意造物，
让人类随时能够假借它的名义，
抒发显赫或者危难之际的感触。

雨

苍茫暮色骤然变得澄明起来，
因为潇潇细雨正在悄悄飘滴，
飘滴或者业已停息。雨落中天
自古有之，这该是不需要怀疑。

耳边那淅淅沥沥的回响歌吟
必然唤起对美好季节的回忆，
想到那名字叫作玫瑰的鲜花，
还有那娇好艳丽色泽的旖旎。

这雨水为窗上玻璃蒙起薄雾，

而在那茫茫城郊的荒野里面，
却给架上的黑葡萄注入活力。

尽管庭院已经难觅。湿漉漉的
黄昏送来了那期待中的呼唤，
是归来的父亲，他并没有死去。

为克伦威尔*属下一位上尉的画像而作

玛尔斯[1]的城垣连上帝都为之赞叹，
却不会使这位武士臣服；
那双曾经熟视过沙场的眼睛
从另一个时代（世纪）流露出关注。
刚劲的手在把佩剑的锋刃爱抚。
战斗正在葱翠的田野里进行，
英格兰、战马、荣誉和你的事业
全都隐没在迷茫的背景深处。
上尉啊，人的生命如同转瞬朝夕，
任何辛劳都不过是虚妄之举，

甲胄徒然无用、奋争也于事无补。

早在多少年前一切都已结束。

可能致你伤残的刀兵早就锈损，

你（同我们一样）注定要进阴曹地府。

---

* Oliver Cromwell（1599—1658），英国军事家和政治家。

1 Mars，罗马神话中的战神。

致一位老诗人*

你在卡斯蒂利亚田野踽踽而行，
但却几乎没有看到眼前的情景。
你专注于胡安的一首深奥小诗，
几乎没有留意昏黄的夕阳归宁。

朦胧的天色好似梦魇一般痴狂，
如同纵览自然伟力的一面明镜，
那轮猩红的皓月嘲讽戏谑般地
从东方的天际爬上初始的夜空。

你抬起眼睛默默地投去了一瞥，

某件往事在脑海中闪现又泯灭。
你再次垂下满头白发，无动于衷。

你继续蹒跚徜徉，满脸凄怆抑郁，
不再记得曾经写过这样的诗句：
血红的月亮是他的墓志铭。

---

* 指克维多。

另一种老虎

而那制造了伪装的技巧[1]

莫里斯：《伏尔松族的西古尔德》[2]（一八七六年）

我心中在默默地思忖着一只老虎，
昏暗突显出勤奋的图书馆的空旷，
书架仿佛也都朝着远处退避躲藏。
那只老虎威猛、天真、血腥而又年轻，
将在属于自己的森林和清晨徜徉，
把足迹刻印在不知道名字的河流
那潮湿泥泞的岸边的草间和地上。
（它的世界里只有确实存在的瞬间，

而没有任何称谓以及未来和古往。）
它将长途跋涉而不畏行程的艰险，
在各种气味交织而成的迷宫中央
追寻黎明时分那清幽芳菲的气息，
追寻麋鹿特有的浸润心脾的馨香。
我在婆娑的竹影之间仔细分辨着
它的彩色条纹并且预先感受到了
那蓬勃的斑斓毛皮下的骨架震响。
世间所有的球面汪洋和漫漫荒漠
全都不过是一些徒然虚设的屏障，
从南美大陆上的一个偏远港口的
这幢房子里面，恒河岸边的老虎啊，
我关注着你并且同你幽会在梦乡。

黑暗在我的心底里面无限地扩展，

---

1 原文为英文。

2 原文为英文。莫里斯（William Morris，1834—1896），英国诗人，著有史诗《伏尔松族的西古尔德的故事和尼伯龙族的衰败》。

我在诗中呼唤着的老虎啊，我在想，
不过是象征符号组成的虚影幻象，
是一系列文学比喻的串联和拼接、
百科辞书里综合描摹出来的图像，
而并非是那在苏门答腊和孟加拉
沐浴着阳光或者迎着变幻的月亮
履行着欢合、闲散和死亡等俗套的
凶险的威猛山君、不祥的珍宝锦藏
同那象征意义上的老虎遥相呼应。
我述及了那个真正的、热血的兽王，
它肆无忌惮地残杀着野牛的种群，
如今，在一九五九年八月的第三天，
正拖曳着身影在草地上款款游荡，
然而，只要是对它进行刻意的描述
并且揣度着它的种种遭际和境况，
就已经是将它变成了艺术的杜撰，
使它不再属于世间生灵的排行榜。

我们需要找出第三种老虎。这老虎
同前二者一样，也是我梦中的影像，
也是用人类语汇描画出来的图形，
而不是冲出神话王国的血肉躯体
奔行在实实在在的坚实土地之上。
对这样一个事实，我心里知之甚详，
然而，却不由自主地甘冒莫名风险，
虽不明智，但又是蓄意已久的愿望。
我执著地在夜幕下将那老虎寻找，
那老虎没有在我的诗里显形露相。

瞎子的位置*

远离着大海和美好的征战，
失去了的更让人感到留恋，
双目失明了的海盗疲惫地
在英格兰的泥土路上蹒跚。

庄户的狗群冲他狂吠乱叫，
村里的孩子拿他取笑耍玩，
沟壑里的脏土浊尘作床铺，
多病的躯体难得安睡酣眠。

想着在那遥远的黄金海滩

有他秘密掩藏的珠宝金元，
也就不为眼前的苦楚悲伤。

在另一片同样的黄金海滩，
有着你的永不蚀损的宝藏：
恢弘、朦胧而又必然的死亡。

* 标题原文为英文。

记一八九几年的一个阴影

一切都已不复存在。只有穆拉尼亚[1]的屠刀，
只有这在灰暗的傍晚记起的残破历史。
不知为什么，每逢黄昏初降的时候，
这个未曾谋面的凶徒总要闯入我的心里。
巴勒莫当时更为低矮。监狱的
黄色高墙俯瞰着郊区以及沼泽野地。
沾满血污的屠刀正是在那片蛮荒的区域
肆虐横行，没有任何顾忌。
屠刀。那个严格以残杀为业的雇佣兵的容貌
已经变得模糊不清，没人再能记起。
他留给这个世界的全部赠品与纪念

不过是一个阴影和一把屠刀的寒气。

时光虽然能够抹去大理石的光彩，

但愿能把胡安·穆拉尼亚的威名铭记。

1 Juan Muraña，18 世纪末至 19 世纪初布宜诺斯艾利斯城西区的著名暴徒。

记弗朗西斯科·博尔赫斯*上校之死
（1833—1874）

我的记忆中，他骑着骏马、

披着暮色去追寻死亡；

他一生中有过许许多多的瞬间，

惟愿这悲壮的时刻永沐光芒。

白色的战马、白色的披风，

一往直前地行进在田野上；

耐心的死神从枪口窥测着目标，

弗·博尔赫斯凄怆地驰骋沙场。

耳边呼啸着霰弹的嘶鸣，

眼前绵延着沃野的空旷，

这声响、这景物平生都已见惯。

他在恪尽职守、在战斗。

我的记忆中，他高傲地活在

自己那几乎未被讴歌过的史诗般的天地里面。

---

* Francisco Borges (1833—1874)，作者的祖父，职业军人，最后卷入了一场叛乱，重伤而死。

纪念阿方索·雷耶斯

也许是那朦胧的命运，也许只是
那制约宇宙这梦境的精确律条
让我得以和阿方索·雷耶斯
成为了一段人生坦途上的同道。

从一个国度移居到另外的国家，
而且在每处都能全身心地融入，
辛伯达和尤利西斯都未能做到，
他却将这技巧运用得轻松自如。

思念的箭矢的确曾经将他射中，

于是，他就用那利器的锋利镞尖
写出亚历山大体[1]悠缓长吟述怀
或者是凄恻悲怆式的短歌哀叹。

他的作品中洋溢着仁厚的希望，
孜孜一生终于创出光辉的功业：
诗留后世千古传诵得不朽长存，
文蕴新意天下尽效成一代雄杰。

不再倾心于那步履蹒跚的熙德[2]，
也不效法那些热中深奥的人们，
他将形同过眼云烟一般的文学
一直送到偏居郊野的凡夫平民。

他确曾留连航海家的五处花园[3]，

1 西方诗歌的一种形式，以六音步十二音节为一行的抑扬格诗歌。
2 El Cid（约 1043—1099），本名罗德里戈 · 迪亚斯 · 德 · 比瓦尔（Rodrigo Díaz de Vivar），西班牙卓越的军事统帅，其业绩见于史诗《熙德之歌》。
3 即辛伯达曾经到过的地方，借指雷耶斯曾在国外居住。

然而，他的高尚品格与性情之中
却有着某种恒久和本质的特点，
那就是对钻研和天职情有独钟。

也就是，他更着意于思索的园地，
恰恰是在那个地方，波尔菲里奥[1]
栽植下了那“原则与目标的大树”，
用以去对付愚昧和癫狂的困扰。

雷耶斯啊，天意实在是不可破解，
或者慷慨或者吝啬自有其尺度：
它只给了我们这些人以弧和弦，
却把整个圆全都给你作了礼物。

虚荣与实名掩藏着痛苦与欢乐，
你曾经孜孜地对之进行过追索；

1 Porfirio Díaz（1830—1915），墨西哥军人、政治家，1877—1911 年任总统。

你就像是那位埃里金纳[1]的上帝，
只想默默无闻地与大众相融合。

你的风格就是一枝精巧的玫瑰，
享尽了广泛而奇绝的称颂讴歌，
将你先辈遗传下来的尚武血液
导向了为上帝愉快奋战的品格。

（我要问）那墨西哥人如今在哪里？
可是正在怀着俄狄浦斯的惊恐、
面对那奇异而怪诞的斯芬克司、
欣赏着那凝滞的“脸或手的原型”？

或者，像斯维登堡[2]所希望的那样，
在一个几近于至高天庭的倒影、

1 Johannes Scotus Eriugena（约 815—约 877），基督教神学家，生于爱尔兰，约 845 年起在西法兰克国王查理二世宫中任语法和辩证法教师。
2 Emanuel Swedenborg（1688—1772），瑞典科学家、哲学家和神学家。其追随者创建了“新耶路撒冷教派”，史称“斯维登堡派”。

比人间更为绚丽繁复的世界里，
漫无目的地游荡或者踽踽独行？

如果（就像那漆器和乌檀的王国
所展示的一样）记忆的强大力量
深入到他内心的伊甸园，就会有
另一个墨西哥和库城[1]光耀辉煌。

上帝知道，在生命最终结束以后
命运会给人们涂之以什么颜色；
此刻我正在这些街巷悠闲漫步，
死亡距离我还有着相当的间隔。

我如今只对一件事情深信不疑：
（不论大海会将他裹挟到了哪里）
阿·雷耶斯都将愉快而尽心地

1 指墨西哥中南部城市库埃纳瓦卡。

去求解新的谜团，探索新的规律。

让我们将那胜利的棕枝和欢呼
奉献给举世无双、出类拔萃之士；
但愿我眼睛里的泪水没有玷污
我们用爱心写下的这追怀之诗。

博尔赫斯家族

博尔赫斯家族，我的葡萄牙籍先人，
我对他们一无所知或只是略有所闻，
然而，那些已经朦胧的人们却悄然地
假我之躯延续着自己的习俗、性情和忧愤。
他们如今淡漠得一如未曾存在过
而且又没能跟艺术的行当结下缘分，
他们全都无可挽回地变成了
时光、大地和忘海的组成部分。
这样倒好。他们的使命已经完成，
于是就幻化成为葡萄牙本身，
成为那些因撞开过东方的城墙、

开拓过汪洋和沙海而出了名的人们。

他们就是那位销匿于神秘的荒漠

却又声言未曾弃世的国君[1]。

1 指葡萄牙国王塞巴斯蒂昂一世（Sebastian I，1554—1578）。他三岁即位，成年后成为宗教狂，相信自己必能战胜穆斯林，后来率领一支由葡萄牙人和国际冒险家们组成的庞大军队前去讨伐摩洛哥，旋被击溃并丧生，但流传下来关于他幸免于难的说法。

致卡蒙斯*

时光无憾无怨地蚀损了
那些历经战斗洗礼的宝剑。
你穷困潦倒地回到了思念的祖国，
一代人杰啊，希望在它的怀抱中度过残年。
在那神奇莫测的荒漠之上
“葡萄牙之花”早就已经凋零萎残；
而凶暴的西班牙人远未服输，
正觊觎着它那敞开着的边沿。
我想知道，最后回到海岸这边之后，
你那谦卑的心里可曾预感：
东方和西方以及兵甲和战旗，

所有这些被人遗忘了的光焰
（完全不受人世变迁的约束）
会借你的《埃涅阿斯纪》[1]流传。

* Luís de Camões（约 1524—1580），葡萄牙诗人，出生于里斯本的一个没落贵族家庭，年轻时到过葡占摩洛哥，1553 年参加海军远征队赴印度果阿，也曾到过澳门，1570 年回国，其代表作品为《卢济塔尼亚人之歌》。

1 此处指卡蒙斯的《卢济塔尼亚人之歌》。

一九二几年

星辰的轮转并非永恒无限，
老虎的形象注定反复再现，
然而，我们，忽视了巧合与偶然，
总是觉得被逐于空乏的时光，
不会有任何事情让人感到新鲜。
宇宙，悲惨的宇宙不在这里，
如想找到，就得回到许许多多的昨天；
我构思了关于墙堵和刀兵的平庸神话，
而里卡多[1]却在把他的牲口贩子记惦；
我们并不知道未来中蕴涵着雷霆，
我们未曾预感到屈辱、烈火和联盟[2]诞生的可怕夜晚；

没有任何迹象向我们预示构成阿根廷的历史的

铁事、愤慨、爱情、如潮的人流、科尔多瓦[3]的名字、

真实的和令人难以置信的事情的滋味、恐怖与荣耀

居然会在大街小巷演绎出多彩的画卷。

---

1 Ricardo López Jordán，阿根廷军人，1870 年任恩特雷里奥斯省省长，曾多次领导叛乱。

2 指 1865 年 5 月 1 日阿根廷、巴西和乌拉圭三国秘密签订协议建立联盟，共同向巴拉圭提出领土要求，从而引发了一场历时五年之久的战争。

3 阿根廷第二大城市，科尔多瓦省省会，以博尔赫斯一位祖先赫罗尼莫·路易斯·德·科尔多瓦的名字命名。

作于一九六〇年的颂歌

我不能少离的、亲爱的祖国啊，
你历经了一百五十个辛勤的年头，
这期间不无光辉的时刻和难言的耻辱。
主宰我的命运这梦魇的
明显际遇或者秘密法则
让我这水滴对你这大川、
我这瞬息对你这时间的长河倾诉，
让这表白心声的悄语
难脱俗套，凭借神灵们
偏爱的夜幕汇聚成为羞涩的歌赋。

祖国啊，我感觉到了

你存在于广袤郊野的落日余晖，

存在于草原人送到门洞里的蓟菜花，

存在于绵绵无期的细雨，

存在于星辰的款然隐现，

存在于拨响六弦琴的手指，

存在于我们的血液像英国人迷恋大海一般

从远处对草原的向往，

存在于装点着穹顶的神像和花饰，

存在于茉莉花的清淡余馨，

存在于银质的镜框，

存在于对悄无声息的桃花心木家具的轻抚，

存在于肉味和果香，

存在于军营里几乎只有白蓝两色的国旗，

存在于乏味的格杀和巷殴轶事，

存在于一成不变地消隐

并弃我们而去的黄昏，

存在于有着以主人的名字

为名字的奴隶的庄园留下的
已经变得模糊了的恬适记忆，
存在于被大火焚化了的
可怜的盲文书页，
存在于谁都无法忘记的
九月的滂沱大雨，
然而，所有这一切
只不过是你的虚表与象征。
你的意义远远超出了
你那狭长的国土和漫漫的岁月，
你的意义远远超出了
你那一代代儿女不可思议的总和，
我们不知道，在那永恒世界的生命圈里，
上帝究竟会怎样看你，
但是，我们却正是为着那依稀的形象
活着、死去和满怀着憧憬与希望，
啊，难以割舍的、神秘莫测的祖国。

阿里奥斯托和阿拉伯人

谁都不可能写出一部完整的著作。
一部真正的著作理应是非常恢弘，
需要能把曙光和黄昏、连绵的世纪、
武器和既连接又分隔的大海包容。

这就是阿里奥斯托心底里的想法。
他顺着白色大理石街道踽踽独行，
在两排苍翠葱郁的松树的荫庇下
悠闲地做起了那早已经做过的梦。

意大利上空曾经弥漫过各样的梦，

在许许多多艰难苦涩的世纪里面，
这些梦以战争的形式困扰过大地，
有的留下了记忆，有的却已经失传。

阿基塔尼亚[1]原野吞噬过一个军团，
因为它贸然落入了敌人的伏击圈；
类似情况还出现在龙塞斯瓦列斯[2]，
演绎出一把剑及求救号角的梦魇。

剽悍的撒克逊人的连年愚蠢征战
将其推崇的偶像以及浩荡的大军
强加给了所有英格兰的田园农庄，

---

1 法国历史上西南部的重要地区，原指从比利牛斯山脉延伸至加龙河的大片地区，罗马皇帝奥古斯都（Augustus，前 63—14）将之定为罗马的行政区，其边界北至卢瓦尔河、东抵中央高原，5 世纪时为西哥特人的一个省，6 世纪时由法兰克人统治，8 世纪时被法兰克国王查理曼（Charlemagne，约 742—814）征服。

2 西班牙纳瓦拉省的村庄。法兰克国王查理曼于 778 年夏围攻西班牙的萨拉戈萨城未克，回师途中，于 8 月 15 日在此处遭到巴斯克人的伏击，其后卫部队全军覆没。阿里奥斯托的史诗《疯狂的罗兰》即以此役为据。根据这部史诗，后卫部队的指挥罗兰过于自信，没有及时召回主力，待到鸣号召唤，为时已晚。

那些故事留下了关于亚瑟[1]的传闻。

北方的昏暗太阳使大海变得朦胧，
那里的岛屿孕育出了另外一个梦：
一位纯情的少女在烈焰的环绕下
于沉睡中等待着和属意的人相逢。

全副武装的巫师骑着带翅的骏马
驾着长风消遁在茫茫的暮色之中，
关于这个故事的出处，谁也不知道
到底是波斯还是帕尔纳索斯[2]峰顶。

仿佛就是从那巫师坐骑的脊背上，
阿里奥斯托看到了人世间的王国，
到处飘飞着熊熊战火扬起的硝烟，
到处都有着青春奇情的艳遇欢歌。

---

1 King Arthur，中世纪传奇中不列颠的国王、圆桌骑士团首领。
2 希腊中部的山岭，神话中太阳神阿波罗和缪斯女神的住处。

仿佛是透过一层淡淡的金色薄雾，
他看到了凡尘里的一座瑰丽花园，
那花园将疆界展延至别处的幽庭，
为使安赫利卡和梅多罗[1]幽会合欢。

犹如鸦片在印度斯坦的传播泛滥
制造出一种虚无缥缈的繁荣景观，
情和爱一旦是达到了疯狂的地步，
就会像万花筒里的变幻那么纷乱。

无论是真心还是调侃全都很清楚，
而且也曾朦朦胧胧地在梦中领略
那座奇异的城堡，在那座城堡里面
一切（一如这人间）全都是虚情幻觉。

像所有的诗人一样，他的遭际奇特，

1 安赫利卡和梅多罗，史诗《疯狂的罗兰》的主人公。

这也许是幸运也许只是命中注定；
他在费拉拉[1]的街道上徜徉的时候，
却同时又是在月亮上面蹒跚移踵。

梦的残渣和那梦一般的尼罗河水
淤积而沉淀下来的漫漫滩涂烂泥，
交汇融合浑然天成好似锦簇花团，
变作了那光辉璀璨的迷宫的形体。

那迷宫犹如一块硕大无比的钻石，
在那里，在靡靡的乐曲包围萦绕中，
任何人都会情不自禁地陶醉痴迷，
从而忘掉了自己的存在以及名声。

现如今整个欧洲都已经没落沉沦。
恰在那天真而阴险的计谋作用下，

1 意大利北部城市，阿里奥斯托从十岁起在此居住。

弥尔顿才为布兰迪马尔特的厄运
以及达林妲的惶惑而哭泣和嗟诧。

欧洲衰败了，然而，广阔无边的梦幻
却为那个栖居于东方的浩瀚荒漠
以及狮影憧憧的黑夜的著名种族
赋予了许许多多另外的性情品格。

一部奇书[1]直到今天仍然魅力无穷，
它向我们讲述了有那么一位国王，
每天在晨曦刚刚降临大地的时候，
都要无情地处死自己的一夜新娘。

遮天蔽日的翅膀如黑夜骤然而降，
大象也竟会披挂起了嗜血的利爪，
崇山作祟把舟楫揽入自己的怀抱

1　指阿拉伯民间故事集《一千零一夜》。

使之化作残片碎沫随着波涛漂撒。

地球以一头公牛的脊梁作为依托，
那公牛又站立在一条大鱼的背上，
符标、法宝和种种神秘玄妙的咒语
能够凿穿花岗岩壁开启黄金宝藏。

继续高举着阿格拉曼特[1]的旗帜的
撒拉逊人[2]曾经做过这种类型的梦，
那些缠着裹头、面貌模糊的人们的
梦想最后竟一度主宰了西方文明。

奥兰多如今变成了一个美妙地域，
绵延而至万千公里空旷无人之境，
那里面蕴藏的冷漠而闲置的珍宝
已经变成为不再会有人梦想的梦。

---

1 《疯狂的罗兰》中的人物，围困巴黎城的撒拉逊人的统帅。
2 又译撒拉森人、萨拉森人，中世纪对阿拉伯人的称呼。

伊斯兰教的技艺使这个梦变成了
实际意义上的单纯学问、纯粹历史，
这个梦已被遗弃，正自己梦着自己。
(显赫也只不过是忘却的一种形式。)

又一个傍晚时分的昏黄暗淡阳光
透过业已晦暝的玻璃投到那书上，
另外一些炫耀着华丽封面的典籍
再一次光灿并又再一次失去辉煌。

在空空荡荡悄无人迹的大厅里面，
那沉寂的书籍在时光里巡行游弋。
曙色、夜阑及我的生命这匆促的梦
却全都留了下来变成为昔日陈迹。

开始学习盎格鲁-撒克逊语*语法之时

历经了五十代人的岁月之后
(时光为我们每个人都设置了如此巨大的深渊),
我在北欧海盗[1]的龙舟
未曾到过的大河[2]的岸边,
重又操起了这早在成为哈斯拉姆[3]或博尔赫斯之前
诺森伯里亚[4]和麦西亚[5]的时代
自己就曾经用如今已经化作尘埃了的嘴巴
讲过的那粗硬费力的语言。
星期六那天我们读到:朱利乌斯·恺撒
是第一个从罗马城来侵扰不列颠的人[6];
也许等不到葡萄再度成熟,

我就会听到谜莺[7]的啾吟，

还有那护卫着其君王坟丘的

十二武士的哀歌凄音。

这语言不过是符号的符号，

未来的英语或德语的变种，

曾经代表着一定的意象，

曾经被人用以将大海或宝剑赞颂[8]；

明天它将再一次复活，

明天 fyr 将不再是 fire[9]，

而成为驯服却多变的神，

---

* 即古英语。博尔赫斯于 1954 年开始同一群学生一起学习这种语言。

1 指 8—11 世纪劫掠欧洲海岸的斯堪的纳维亚海盗，又称维京人。

2 指阿根廷的拉普拉塔河。

3 博尔赫斯母系的英国祖先的姓氏。

4 盎格鲁-撒克逊最主要的王国之一，全盛时期版图由爱尔兰海延伸到北海，7 世纪时军事力量极为强大，9 世纪时丹麦人的入侵对其文化生活和政治统一造成破坏，10 世纪初斯堪的纳维亚人开始向此里移居，随后成为伯爵领地。

5 盎格鲁-撒克逊诸王国之一，7—9 世纪受丹麦人侵袭，遂没落解体。

6 恺撒于公元前 55 年首度入侵不列颠。

7 指古英语诗歌、箴言及谜语集《埃克塞特书》。

8 指约成书于 8 世纪的古英语史诗《贝奥武甫》。

9 英文，火。

谁见了都不能不感到某种由来已久的惊恐。

无尽无穷的因果连环
不能不令人由衷赞叹，
在向我展示那面照不出人影
或者照出的竟是别人的镜子之前，
居然会给我以机会，
让我得以鉴赏这文明初始时期的纯净语言。

《路加福音》第二十三章 *

异教徒或希伯来人或一位凡夫，
其容貌被时光销蚀得朦胧模糊；
我们已经没有办法从忘海里面
打捞出拼成他名姓的无言字母。

他所了解的仁爱其实极为局限，
因为他不过是一个普通的强盗，
而且还被犹太[1]钉到了十字架上。
从前的事情如今已经无从知晓。

在履行被钉死这最后使命之际，

他从人们讥诮的声浪里面得知
自己身边的那个行将就死之人
就是上帝，于是就贸然向其求乞：

你得国降临的时候，求你记念我。
那个有一天将要对所有的生灵
做最后裁判的不可思议的声音
从可怕的十字架上许诺了乐土。

一直到了事情最后了结的时候
他们谁也都没有再说只言片语，
然而，历史却绝对不会允许人们

---

* 《圣经·新约·路加福音》的这一章讲述了耶稣被钉上十字架前后的情况。耶稣被带到髑髅地钉上了十字架，他的左右各有一名犯人，其中的一位讥诮耶稣说：“你不是基督吗？可以救自己和我们吧！”另一位则责备其同伴说：“你既是一样受刑的，还不怕神吗？我们是应该的，因我们所受的，与我们所作的相称；但这个人没有作过一件不好的事；”他转而对耶稣说：“耶稣啊！你得国降临的时候，求你记念我。”耶稣答道：“我实在告诉你，今日你要同我在乐园里了。”

1 古代巴勒斯坦三个传统区划的最南段，公元前37年罗马任命希律为犹太国王。

将他们两人死去的那一天忘记。

朋友们啊，耶稣基督的这位朋友
实在是显得有些儿过分的天真，
正是那使他在受刑的屈辱时刻
还能够指望着超升天国的清纯，

一而再地反复将他抛向了罪孽、
抛向了那个血淋淋的莫测命运。

阿德罗格

即使就是在神秘莫测的更深夜阑，
也不必担心我在黑暗的花径迷失，
庭园的景物营造出了恬适的气氛，
邀约着缠绵的情侣或黄昏的闲逸：

不露踪迹的小鸟唱着不变的歌调，
幽幽溪水蜿蜒环流、亭楼威严矗立，
朦胧中的雕像却依然是那么傲岸，
断壁残垣好似隐藏着无尽的奥秘。

这是一个布满尘埃和素馨的世界，

为魏尔兰所钟爱、为埃雷拉[1]所喜欢，
（我知道）那空旷夜幕下的空荡车房
标志着它那令人惊怖的疆域边沿。

蓝桉树源源地将药香向夜空弥散，
那清幽的气味由来已久自古已然，
超越了时光局限也胜似模棱话语，
让人不禁联想起田园时代的风范。

我款步摸索找到了期待中的门槛。
黑糊糊的木框划定了檐廊的区间。
在那就好像是棋盘一般的院子里，
水龙头的悠缓滴答声响连绵不断。

在那一扇扇门扉后面的另外一侧，
不少人浑然地酣睡在沉沉的梦乡，

1 Julio Herrera y Reissig（1875—1910），乌拉圭现代主义诗人。

他们正在那鬼影幢幢的夜幕之中
将辽远的昔日和逝去的事物执掌。

我熟悉这古老楼宇里的每件东西：
那块上面敷有云母片的灰色石头，
由于摆在一面模糊的镜子的前面，
一直以来就像是并排的一对佳偶。

还有那嘴里叼着铁环的狮子头颅
以及窗户上那五彩缤纷的花玻璃，
那窗户向孩子们展示着两个世界：
一个是鲜红奇境一个为碧绿天地。

这些东西超越了命运和死亡制约，
每一件都有着自己所特有的经历，
然而，所有的这一切全都是发生在
记忆那个纯属于第四维的空间里。

在记忆中而且也只能是在记忆中，
如今才能够找到那些庭园和花畦。
过去将它们收存于那个隐秘世界，
在那里，昏星携带着晨曦共同驰驱。

那些物事平凡、亲切而又必不可少，
就像天堂赐给第一个男人的玫瑰。
虽然如今都已经是可望而不可即，
但是，我怎么可能将它们摈除心扉？

每一次只要是一想起了那座房子，
我都会感受到挽歌的久久的震荡，
我本人就是时光、鲜血和弥留残喘，
却不能理解岁月的江川如何流淌。

诗艺

眼望着时光和流水汇成的长河
并想到岁月本身也是一条大川；
知道我们都像那江河似的流去
而一个个面庞则都如逝水一般。

意识到不能成眠同样也是个梦，
梦见没有做梦以及我们的肉身
惧怕的死亡只不过是每天夜里
那被称之为睡眠的状态的引申。

将每一天和每一年全都看作是

人生时日和岁月的一个个里程；
将时光流逝所酿成的摧残视为
一种音乐、一种声息和一种象征；

将死亡当作是平常的熟睡酣眠，
将黄昏看成为赤金的微光幽辉，
这就是诗，虽然不朽但却清贫。
诗像曙光和晚霞一样去而复回。

在那日暮的时分，有时候镜子里
会出现一个注视着我们的面孔；
艺术本就应该如同是那面镜子，
向我们展示出我们自己的面容。

据说，尤利西斯在饱经风险之后，
当看到葱郁平凡的伊萨卡出现，
竟会情不自禁地热泪淋漓。艺术
是恒久苍翠的伊萨卡，不是风险。

艺术也像是那奔腾不息的大河，
涌流而不去，永远都是那同一个
无常的赫拉克利特的晶体，不变
又有变，就像那奔腾不息的大河。

博 物 馆*

* 曾编为另集，原版《博尔赫斯全集》将此集附在《诗人》集末。

科学的严谨

……在那个帝国里，绘制地图的技巧已臻完美：一张省图大及一座城池，而帝国全图则可覆盖一个省份。随着时间的流逝，人们对那些巨幅地图不再满意，于是各地图学会就绘制出了一幅跟帝国的疆土一般大小并完全切合的地图。对地图学并不那么热衷的后人发觉那么大的地图没有用处，所以不无残忍地让那地图任由日晒雨淋。西部沙漠至今还保留有那已经变成野兽和乞丐巢穴的地图残片，那是在全国唯一可以见到的“地图绘制法”的遗迹。

苏亚雷斯·米兰达：《有识之士游记》

第四卷第四十五章《莱里达》，一六五八年

四　行　诗

有些人死了，不过事情已经成为了过去，
（无人不知）那个季节对死亡最为合宜。
我是耶古卜·阿尔曼苏尔的子民，
也会像玫瑰和亚里士多德一样难免一死？

《马格里布[1]人阿尔莫塔辛诗集》（十二世纪）

1　北非阿特拉斯山脉至地中海海岸之间的地区，包括摩洛哥、阿尔及利亚、突尼斯、利比亚等国。

界　　限

有一句魏尔兰的诗我不会再去回味，
有一条就近的街道却是我的禁地，
有一面镜子最后一次照过我的容颜，
有一扇大门已经被我永远地关闭。
我的藏书（就在我的眼前）当中，
有的我已经不会再去触摸。
今年夏天我就将年届五旬，
死亡正在不停地将我消磨。

胡利奥·普拉特罗·阿埃多

《铭文》（蒙得维的亚，一九二三年）

诗人表白自己的声名

圆圆的天空在丈量着我的功名，
东方的图书馆争相把我的诗作收集，
穆斯林王公要用黄金填满我的嘴巴，
天使们都会背诵我的摩尔体新诗。
我所使用的工具就是忍辱和忍痛；
真希望自己是作为死胎来到这人世。

《哈德拉毛人阿卜尔卡辛诗集》（十二世纪）

慷慨的敌人

马格努斯·巴福德[1]于一一〇二年开始全面进击爱尔兰诸王国。据说，他在去世前夕收到了都柏林王米尔彻塔赫的这一祝福：

马格努斯·巴福德啊，愿黄金和风暴为你的部队助战。
愿明天你对我的王国疆土的征伐势如破竹。
愿你那威严的帝王之手织出刀剑的罗网。
愿阻挡你的剑锋的狂徒变成红天鹅的果腹之物。
愿你的众神让你满足对荣耀和鲜血的渴求。
愿你在黎明时分成为将爱尔兰踩在脚下的得胜君主。
愿明天成为你漫漫人生中最为光灿的日子。

因为那将是你的末日。马格努斯王啊，我说话一定算数。

因为，马格努斯·巴福德，我要在天黑之前将你打败、将你铲除。

H. 格林《挪威王列传补遗》(一八九三年)

---

1 Magnus Barefoot（1073—1103），本名马格努斯·奥拉夫松（Magnus Olafsson），挪威国王，即马格努斯三世，1093—1103年在位，因身上只穿苏格兰褶裥短裙，光脚（barefoot），故名。他从1093年开始进攻爱尔兰，1103年在爱尔兰战死。

赫拉克利特的遗憾*

我曾经做过许许多多不同的人，只是未曾有过

让马蒂尔德·乌尔巴赫死在自己怀中的幸运。

加斯帕尔·卡梅拉里乌斯，

见于《奇思异想的诗人博鲁塞耶》，Ⅶ，16

* 标题原文为法文。

怀念 J.F.K.*

这粒子弹已经有些年头。

一八九七年，一位名叫雷东多的蒙得维的亚青年将它射向了乌拉圭总统；为了表明没有同谋，那个青年事前在很长的一段时间里避不见人。此前三十年，那同一颗子弹通过一个演员的罪恶或神奇之手杀死了林肯[1]；是莎士比亚的台词将那个演员变成了杀害恺撒的凶手马可·布鲁图。十七世纪中叶，在一场战斗的公开杀戮中，复仇的欲火借用那子弹结果了瑞典的古斯塔夫·阿道夫[2]的性命。

从前，那子弹曾是别的物器，毕达哥拉斯所说的轮回转生不只是适用于人类。那子弹是东方的大臣们收到的白绫、使阿拉莫的守卫者们粉身碎骨的排枪与刺刀[3]、斩断一位王后咽喉的三棱刀、穿透我主耶稣肉体的黑色钉子和十字架、迦太基首领藏在铁质戒指里面的毒药、苏格拉底于一个傍晚安然喝下的毒酒。

那子弹，在世界初始的时候曾是该隐投向亚伯的石头，将来可能是许多我们今天甚至都想象不出但可以结束人类及其奇妙而脆弱命运的别的什么东西。

---

* 所指不详。

1 美国第 16 任总统亚伯拉罕·林肯于 1865 年 4 月 14 日遭演员约翰·威尔克斯·布斯枪击，翌日去世。

2 Gustavo Adolfo（1594—1632），瑞典国王，即古斯塔夫二世，1611 年即位，1632 年在对德意志的战争中阵亡。

3 阿拉莫是 18 世纪天主教方济各会教堂，位于现美国得克萨斯州圣安东尼奥市。1821 年墨西哥摆脱西班牙的殖民统治取得独立；1835 年 11 月得克萨斯的美国移民建立起临时政府，随即同墨西哥政府展开了争夺对圣安东尼奥控制权的拉锯战；从 1836 年 2 月 23 日起，经过 12 天的围困，4 000 名墨西哥军队士兵将守卫阿拉莫教堂的近 200 名得克萨斯志愿兵全部歼灭。

结　　语

上帝保佑这个（由时光而非我本人编辑而成的、汇集了我用另一种文学观念写成而如今未敢再作修饰的旧稿的）集子所表现出来的本质上的单一不像其题材所包含的地域或时代的差异那么明显。我以为，在所有已经付梓的著作中，没有哪一部能比这本“读书杂记”更具个性，这是因为其中有着更多的感受和随想。创意不多，涉猎颇广。换句话说，很少有比叔本华的思想或英格兰的口头音乐更值得一提的想法和念头。

有一个人立意要描绘世界。随着岁月流转，他画出了省区、王国、山川、港湾、船舶、岛屿、鱼虾、房舍、器具、星辰、马匹和男女。临终之前不久，他发现自己耐心勾勒出来的纵横线条竟然汇合成了自己的模样。

豪·路·博尔赫斯

一九六〇年十月三十一日，布宜诺斯艾利斯

图书在版编目（CIP）数据
诗人/（阿根廷）博尔赫斯（Borges, J. L.）著；林之木译.
—上海：上海译文出版社，2016.8（2025.5重印）
（博尔赫斯全集）
ISBN 978-7-5327-7067-0

Ⅰ. ①诗… Ⅱ. ①博… ②林… Ⅲ. ①诗集－阿根廷
－现代 Ⅳ. ①I783.25

中国版本图书馆CIP数据核字（2015）第210762号

JORGE LUIS BORGES
El hacedor

图字：09-2010-605号

本书由上海市新闻出版专项资金资助出版

诗人 El hacedor	JORGE LUIS BORGES 豪尔赫·路易斯·博尔赫斯　著 林之木　译	出版统筹　赵武平 责任编辑　周　冉 装帧设计　陆智昌

上海译文出版社有限公司出版、发行
网址：www.yiwen.com.cn
201101　上海市闵行区号景路159弄B座
上海新华印刷有限公司印刷

开本850×1168　1/32　印张5　插页2　字数34,000
2016年8月第1版　2025年5月第3次印刷

ISBN 978-7-5327-7067-0
定价：47.00元